子どもといっしょに楽しむ ことばあそびの詩100

水内喜久雄 編著

たんぽぽ出版

たっぷり、子どもたちと「ことばあそび」を！

もう、三十年以上も前のことです。幼稚園に教育実習に行きました。大学で学んだ「わらべうた」をそこで子どもたちとやってみました。「からす　かずのこ　にしんのこ、おしりを　ねらって　かっぱのこ」という単純な鬼ふやしでしたが、教育実習期間中、子どもたちは何回も「また、やろう」「やろうよ」と言ってきて何回も繰り返しやったことを覚えています。

そして、いま、保育園や幼稚園、小学校などで子どもたちと「ことばあそび」をする機会を与えられ一緒に遊んでいます。その時に、わらべうたもやってみると、子どもたちはとっても積極的に取り組み、その力にびっくりしてしまいます。何回も何回も続けてやろうというのはちっとも変わりません。

いまの「ことばあそび」は、新しい「わらべうた」であり「あそびうた」であると言ってもいいのではないでしょうか。谷川俊太郎さんの「いるか」や「かっぱ」などは、すでに作者から一人立ちして、昔からある古典みたいに思っている子どももいると聞きました。それはとてもうれしいことのように思えます。

そんな「ことばあそび」がたくさん出てきてほしいと思います。

これまで『子どもといっしょに読みたい詩１００』などで少しずつ「ことばあそび」を紹介してきました。今回、子どもたちに人気がある「ことばあそび」をまとめてみようと思いました。そのことで、さらに「ことばあそび」を楽しむ子どもたちがふえるのではと思いました。

ポエム・ライブラリー夢ぽけっとにある詩集などをすべて読み直し、そして目次のような構成を作りました。これまでに紹介したことのない新しい作品もたくさん入れました。また、「わらべうた」や「あそびうた」も原点として少し紹介しました。解説には少し遊び方などを入れましたが、わからない時はお知らせください。

どうか、子どもたちと「ことばあそび」をたっぷり味わってください。詩人の方には申し訳ないのですが、これらが自然に広がって行き、作者はわからないけれどよく遊ぶ「ことばあそび」として定着していくことを願っています。

最後になりましたが、この詩集を出版するにあたり、快く掲載を許可してくださった詩人の方々、著作権継承者の方々、転載を認めてくださった原典出版社、そして、この詩集作りにご協力いただいたり、携わっていただいたすべての方々に感謝致します。ありがとうございました。

二〇〇七年三月　編者　水内喜久雄

※さらに、楽しい「ことばあそび」を探しています。気づかれたことなどお教えいただければ幸いです。

子どもといっしょに楽しむことばあそびの詩100〈目次〉

●扉・本文イラスト　いだゆみ

① わらべうた・あそびうた

古くから、そして今の子どもたちも遊んでいるわらべうたです。いくつかを読むと、どうして受け継がれているのかわかります。まぎれもなく、ここにことばあそびの原点があると思うのです。

ここはとうちゃん

ここはとうちゃん　にんどころ
ここはかあちゃん　にんどころ
ここはじいちゃん　にんどころ
ここはばあちゃん　にんどころ
ここはねえちゃん　にんどころ
だいどうだいどう　こちょこちょ

　日本の家庭はあたたかいーこんな触れ合いを受け継いできたのですね。「にんどころ」は似ているところという意味です。

　右ほほ・左ほほ、おでこ、あご、そして鼻のてっぺんに触れ、顔を二回撫で、最後はこちょこちょです。

ずいずいずっころばし

ずいずいずっころばし
　ごまみそ　ずい
茶つぼに追われて　トッピンシャン
抜けたら　ドンドコショ
たわらのねずみが　米食って　チュウ
　チュウ　チュウ　チュウ
お父さんが呼んでも
お母さんが呼んでも
行きっこなしよ
井戸のまわりで
お茶わん欠いたのだあれ

誰もが知ってる？指あそびの歌です。元は東京地方の子守唄としてうたわれていたようです。

今では全国に広がっています。指あそびの他に、鬼を決めたりする時に使われています。

「トッピンシャン」はうまい表現ですね。

おさらい

おさらい
おひとつ　おひとつ　おひとつ　おひとつ
おさらい
おふたつ　おふたつ
おさらい
おみっつ　おひとつあまって
おさらい
およっつ　おさらい
おてのせ　おてのせ　おてのせ　おてのせ
おふりおろして　おさらい
おつかみ　おつかみ　おつかみ　おつかみ
おふりおろして　おさらい
おはさみ　おはさみ　おはさみ　おはさみ
おふりおろして　おさらい

お手玉うたです。右手に持った親玉を上にあげるのが「おさらい」です。あとは、わかりますね。

　ぼくはちょっと苦手のお手玉ですが、子どもたちはいろんなものですぐやれることでしょう。

開いた　開いた

開いた　開いた
何の花が　開いた
れんげの花が　開いた
開いたと思ったら
いつのまにか　つぼんだ

つぼんだ　つぼんだ
何の花が　つぼんだ
れんげの花が　つぼんだ
つぼんだと思ったら
いつのまにか　開いた

全国に広がったわらべうたで音楽の教科書にも載っているので、ほとんどの人が知っています。

みんなで手をつないで円を作り、開いたり閉じたりするだけですが、見ているとほっとします。

坊さん　坊さん

坊さん　坊さん　どこ行くの
わたしは田んぼへ　稲刈りに
わたしもいっしょに　連れしゃんせ
お前が来ると　じゃまになる
このかんかん坊主　くそ坊主
うしろの正面　だあれ

「かごめかごめ」といっしょで、輪の中にいる鬼が、人を当てる遊びです。
掛け合いながらうたうことや、激しい言葉の応酬が醍醐味です。

いちじく　にんじん

いちじく
にんじん
さんしょに
しいたけ
ごぼうに
むくろじゅ
ななくさ
はつたけ
きゅうりに
とうがん

ちなみに漢字で書くと
　無花果　人参
　山椒に　椎茸
　牛蒡に　無患子
　七草　初茸
　胡瓜に　冬瓜
となります。
　手まり歌や羽根つき歌として広がっています。

一わのからす

一わのからすが　カァカ
二わのにわとり　コケコッコ
三ばのさかなが　およぎだす
四はしらがの　おじいさん
　ホラ　一ぬけろ
ホラ　二ぬけろ
ホラ　三ぬけろ
ホラ　四ぬけろ
ホラ　五ぬけろ
ホラ　六ぬけろ
ホラ　七ぬけろ
ホラ　八ぬけろ
ホラ　九ぬけろ
ホラ　十ぬけろ

少しずつ言葉が違うことがありますが、全国でうたわれています。「郵便やさん」といっしょで、大縄とびで子どもたちが現在も引き継いでいます。運動場でよく子どもたちとやったことを思い出しました。

一匁《もんめ》の一助さん

一匁の一助さん　一の字が嫌いで
一万一千一百石　一斗一斗一斗まめ
　お倉に納めて　二匁に渡した
二匁の二助さん　二の字が嫌いで
二万二千二百石　二斗二斗二斗まめ
　お倉に納めて　三匁に渡した
三匁の三助さん　三の字が嫌いで
三万三千三百石　三斗三斗三斗まめ
　お倉に納めて　四匁に渡した

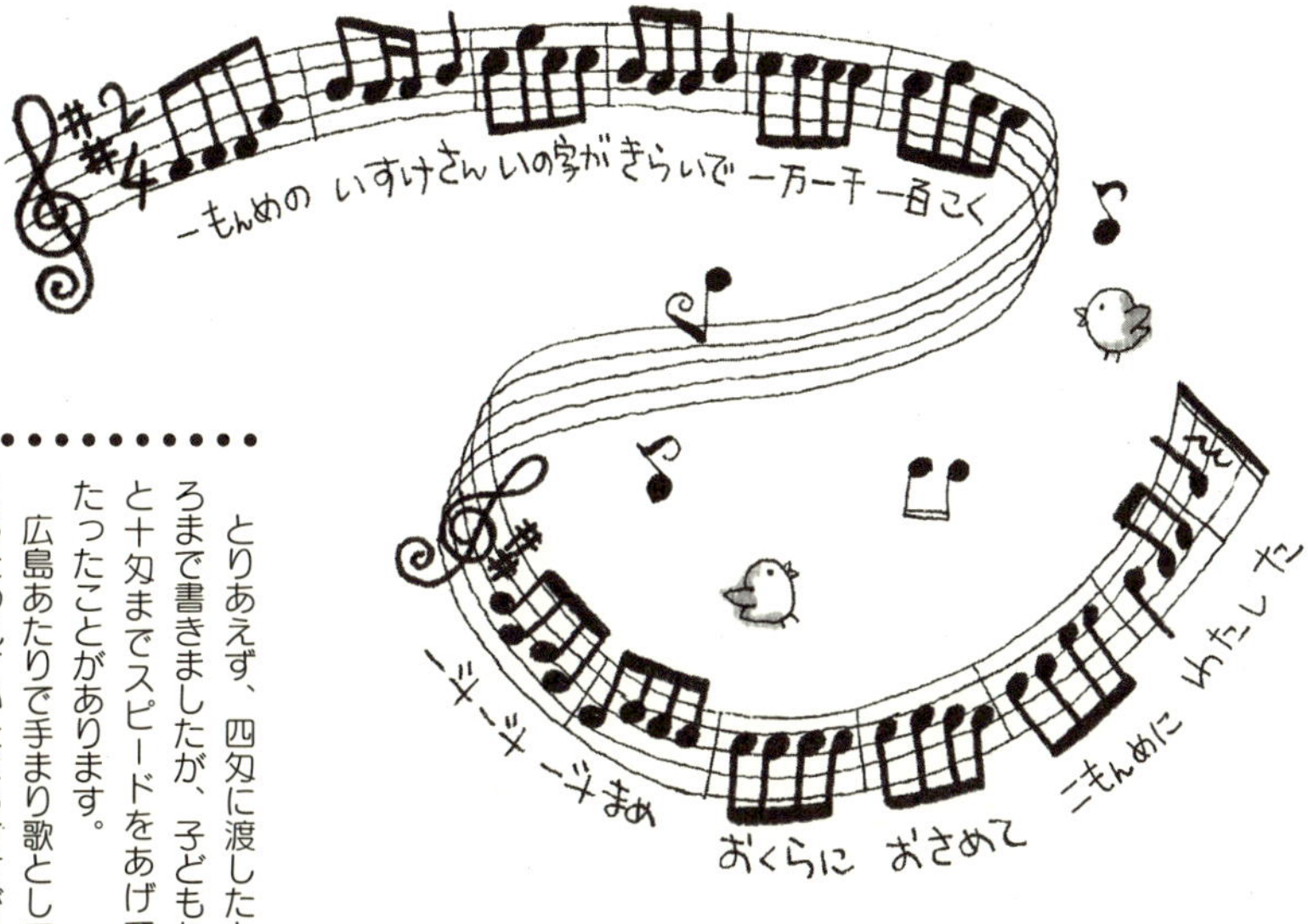

とりあえず、四匁に渡したところまで書きましたが、子どもたちと十匁までスピードをあげてうたったことがあります。
　広島あたりで手まり歌としてよくうたわれていたようですが、全国に広がってるものの一つです。

げっくり　かっくり

げっくり
かっくり
すいようび
もっくり
きんとき
どろだらけ
にちようび
おわりのかみさま　さんだいし
ぴーひよろ　ぴーひょろ　さんだいし
そら　はいれ
そら　はいれ

初めて子どもたちとこの歌をうたった時に、「げっくり　かっくり」の「げ」や「か」を強調してうたうようになり、それだけでも人気の歌となりました。
一週間がこんな楽しい形になるとは。ことばあそびは古くからあったのがわかります。

つるさんは

つるさんは
まるまるむし
六月六日の
参観日
三角定規に
ひびいって
あんぱんふたつに
豆みっつ
あっという間に
すてきな　おじいさん

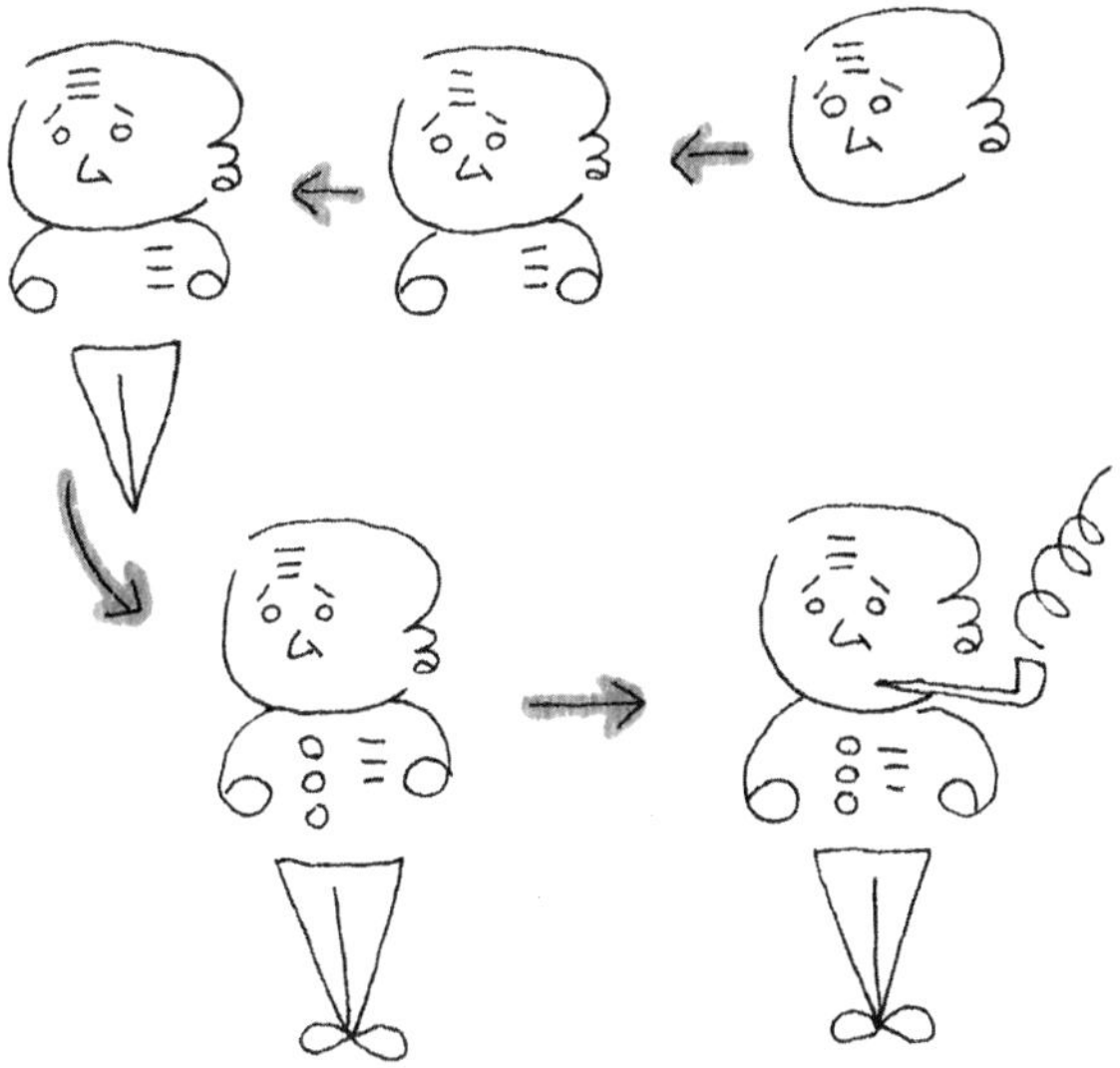

・・・・・・・・・

絵かきうたです。まずは、ことばだけで子どもたちにチャレンジさせてみてはどうでしょうか？

すてきなおじいさんが描かれるといいのですが…。

②「あ」のうた

一文字に注目して作られた詩を集めてみました。
子どもたちは、にほんごの楽しさを、一文字一文字味わっていくのでしょう。一文字一文字、日本語の特色にも気づかされます。

あ

ねじめ正一

ありって
あさから
あーあー
あくびしながら
あなからでて
あまいものをみつけて
あなにもどったら
あなをまちがえて
あなぐまに
あたまからたべられて
ありのあしたは
あまりにも
あっけなくて
あーめん。

「あ」の出だしでこんなふうに書かれた詩を子どもたちが読むと、きっと自分でも作ってみたいとなるに違いありません。
一文字だけからでも、どんどん広がって行くのが詩のいいところですね。

◎出典『あいうえおにぎり』偕成社

「あ」のつく　ひ

工藤直子

あめの　ひの
あさでした
あまがえるが
あっちから　ぴょん
あじさいに
あいました
「あ、あじさい　こんにちは」
「あら、あまがえる　いらっしゃい」
あまがえると
あじさいが
あめのふる　あさ
あいさつして　それからいっしょに
あそびました

こんなストーリーが展開していくのですね。やさしい雨の日の朝になりました。
「い」や「う」のつく日を子どもたちは作りたくなるでしょう。負けずにぼくも…。
◎出典『うたのてんらんかい』理論社

あした

石津ちひろ

あしたのあたしは
あたらしいあたし
あたしらしいあたし

あたしのあしたは
あたらしいあした
あたしらしいあした

早口で読むと間違えてしまいそうです。それでいて、大切な心に響く詩になっています。

それも、たった七種類のひらがなだけですから。日本語ってすごいなあと思います。
◎出典『あしたのあたしはあたらしいあたし』理論社

はちがつ

中江俊夫

あまりの　あつさ
あそこの　あまど
あっちへ　あけて
あのよで　あそび
あきれて　あえぐ
あれまあ　あわわ
あわふき　あんず
あたまが　あんこ
あしたへ　あがく
あかばな　あぶら
あせもの　あくま
あさぞら　あおぐ

暑さにやられてしまうかと思っていたら、このリズムで軽やかになってしまったから不思議です。

　四・三のリズムが読みやすくしています。それにしても、「あ」のつく言葉はたくさんあります。
◎出典『うそうた』理論社

あざらしのあさめし

木島始

あるあさ
あさりとりが
あしこしの
あさぐろい
あざを
あらっていたら
あっ
あざわらいながら
あざらしが
あざやかな
あかあざ
あおあざ

あらいざらい
あさってくいだす
あざとい
あざらしめ
あざが
あさめしとは
あさましいなあ
あすも
あさっても
あざ
あるかぎり
あんしんできんわ

不思議な世界に引き込まれてしまいます。よく似た言葉が続くと読むのもスリルがあって楽しくなります。
　詩人はどんなこと考えて、こんな詩を作るのか知りたくなります。
◎出典『あわていきもののうた』晶文社

あつい日

山崎るり子

あつくて　あつくて
ああつらい
あついの　あついの　あっちいけ

あつぎで　あつまる
あつくるしい
あついの　あついの　あっちいけ

あつがり　あせかき
あつげしょう
あついの　あついの　あっちいけ

あつあげ　あつあつ
あつすぎだ
あついの　あついの　あっちいけ

同じ「あ」のつく言葉でも、これはほんとうに暑くなります。

　各連の三行目の繰り返しだけ、子どもたちに読ませたことがあります。スピードをあげたりしましたが、ゆっくりだらけて読んだ方が暑さ倍増しました。
◎出典『話のびっくり箱2年上』学研

おとにしてやったことばあそび

木坂涼

かみさまが
かみにかいた
かみかざりのえを
かみしばいにしたのは
かみなりおやじ

かみしばいを
かみしめて
かみくだいたのは
かみきりむし

かみわざ
かみかみ
がみがみ
かみがみ

かみそり
かみつく
かみくず
かみかぜ

へ？

「か」だけかと思ったら「み」もくっついて攻めてきました。
　こんなタイトルにされると、お母さんやお父さん、おじいちゃんやおばあちゃんにも作ってあげたくなりますね。
◎出典『五つのエラーをさがせ！』大日本図書

ねこたら　ねごと

まど・みちお

ねこたら
ねごと
ねどこで
ねごと

ねどこで
ねこんで
ねぼけて
ねごと

ねじれた
ねこごで
ねちねち
ねごと

寝言を言うねこがいたら人気者になることでしょう。

　でも、ねこのイメージってこの詩に近い感じがするからおもしろいですね。ほんとは苦手なのですが…。
◎出典『いいけしき』理論社

ははのは

島田陽子

はなから　はなあぶ
はなから　はなみず
はなから　はなごえ
はははのは

はなみに　はなびえ
はなみで　はなかぜ
はなみの　はなしか
はははのは

はなしの　はなしか
はなみを　はなせば
はなしは　はなから
はははのは

こんどは「は」。
この詩を、漢字を使って書いたらどんなふうになるのだろう、と紙に書いてみました。
ひょっとしたら楽しい内容になるかも知れませんよ。

◎出典『続大阪ことばあそびうた』編集工房ノア

へのへの　ぼく

宇部京子

への字は　なにをおこりんぼ
への字は　なにをふくれんぼ
への字は　かおをゆがめてる
への字は　ふまんがいっぱいで
への字は　いつもいらいらで
への字は　ストレスまんさいで
への字は　だれかとにらめっこ
への字は　ぷんぷんおこってる
への字は　つつけばばくはつだ
への字は　なくになけないで
への字は　わらうのわすれてる
への字は　くちをぎゅぅっとむすび

への字は　がまんでいきている
への字は　うむむむっ！
への字は　がががっ！
おこると　への字
いばると　への字
もてない　への字
への字に　への字に　あげたいものは
へのへの　もへじをみるカガミ
びっくり　への字におどろいて
へのへの　ぼくは
さみしい　への字
なきたい　への字
よなかに　ふとんで　へのへのもへじ……

そんなに「へ」の字を見つめたことがなかったので、この詩を読んで納得してしまいました。
　教室で読む時は、一行ずつ分担して読むのもいいかも知れませんね。
◎出典『リンダリンダがとまらない』理論社

③あいうえおのうた

にほんごの母音である「あいうえお」に注目した詩です。楽しいことばが次々と飛び出してきます。

また、ふしぎな楽しさがある「はひふへほ」とその仲間にも参加してもらいました。

あいうえお

神沢利子

あーんと　あくび
いーっと　いじわる
うひゃーと　うれしがり
えがおで　ええ　ええ
おんおん　おおなき
あいうえお
あら　あら　あのこ
いいこ　いいこ
うん　うん　うんこ
えんこして　だっこ
おこって　おんぶ
あいうえお

あいうえおだけでも、こんなに楽しい詩ができてしまいます。

　ひらがなを覚え始めた子どもたちにぜひ紹介したい詩です。一番上のあいうえおの文字にすぐ気がつくことでしょう。
◎出典『おめでとうが　いっぱい』のら書店

あいうえお　かきくけこ

川崎洋

あの
いしの
うえに
えさを
おいてごらん

からすが
きて
くわえるよ
けんぶつしよう
この　までで

すっきりと、「あいうえお」「かきくけこ」のアクロスチックです。

ここまで来ると「さしすせそ」「たちつてと」が知りたくなります。うまく話が続くように、ぜひ作ってみてください。
◎出典『どんどんちっち　どんちっち』学研

あいうえお

三島慶子

あをまわす
あんまりまわして
あなぼこあいた

いどにする
いつまでほっても
いしころだらけ

うめてみた
うえからくさのせ
うまくかくした

えきはしる
えらいおぼうさん
えらぶちかみち

おっこちた
おぼうさんあなで
おしりをなでる

それぞれのひらがなで三行ずつの詩はめずらしいです。
その三行も5・7・6文字で揃えてありますが、そうした決まりを自分で決めて作っていくのも、また楽しいものです。

◎出典『空とぶことば』理論社

ふゆのかえる

木島始

おやおや　お
さむそうだな　そこは
こおりみたい

えっえっ　え
げろげろ　ないてみてくれよ
かえるくん

うーん　うーん
どうした　ちゃんとすってるんかい
くうきを

いやだな　いいきなもんだ
ゆめのなかでも　やってるんかい　うたう
けいこを

ああなら　ああ　なるほど
ぽろんぽろんと　きこえてるんだろな
ぴあのみたいに

やれやれ　だまってるきみに
ぼくのあいうえお　すいとられていったよ
おえういあ……と

サブタイトルに「あいうえおすいこむうた」と付いていました。

こんな「あいうえお」の発想があるのもびっくりしました。最後の二行の意味がわかれば、きみは天才!
◎出典『イグアナのゆめ』理論社

あいうえお

新井竹子

おなかに　手を　あて
「あいうえお」
むねに　手を　あて
「あいうえお」
ほほに　手を　あて
「あいうえお」
みじかく　きって
「あ、い、う、え、お」

すこし　のばして
「あー、いー、うー、えー、おー」

では　もう一ど
おなかに　手を　あて
「あいうえお」

〝あいうえお〟は
母音　といって、
日本の　ことばの　母さんです

子どもたちと、この詩のように一つ一つ「あいうえお」とやってほしいです。
　そうすると、日本語の楽しさや素晴らしさに触れることができるかも知れません。「母音」…伝えたい言葉です。
◎出典『100かぞえたら　さあさがそ』草炎社

パピプペポ

こがらしかんた
（工藤直子）

そらが　ひろいぞ　ぱっぱら・ぱん
ぼくは　はしるぞ　ぴっぴっ・ぴゅー
こえだの　さきで　ぷっぷっ・ぷるん
おちば　ころがし　ぺっぺこ・ぺん
からだ　ぬくぬく　ぽっぽか・ぽっ
ぼくは　こがらし　パピプペポ！

きのみ　ゆすって　ぱっぱら・ぱん
すすめ　げんきに　ぴっぴっ・ぴゅー
のねずみの　ひげ　ぷっぷっ・ぷるん
ほらあなの　なか　ぺっぺこ・ぺん
こぐま　ねむらせ　ぽっぽか　ぽっ
ぼくは　こがらし　パピプペポ！

五十音の中でも、は・ば・ぱ行って、とても楽しい感じがする行ですね。
楽しく、元気に、気楽に読んでほしい詩です。さて、どんな「こがらしかんた」になるのでしょうか。

◎出典『のはらうたⅣ』童話屋

おすもう

鈴木清隆

おすもうさんは　ぱぴぷぺぽん
きのうも　きょうも　ぱぴぷぺぽん

まわしをたたいて　ぱーんぱん
あいてのおもいは　ぴんとくる
おこったかおで　ぷーんぷん
まっすぐ押しだしゃ　ぺんぎん押しさ
おまけにしょうきん　ぽんとくる

おすもうさんは　ぴぷぺぱぽん
きょうも　あしたも　ぴぷぺぱぽん

この詩を読んで、すもうの取り組みを想像してしまいました。もちろんすぐ浮かんだのは高見盛。

おすもうさんと「ぱぴぷぺぽ」が結びつき、取り組みができたのがすごいことです。

◎出典『夜なかのかぜがあそんでる』てらいんく

ぱぴぷぺぽ　ばびぶべぼ

岸田衿子

ぱりぱり　やけた　ぱんかいに
ばたばた　はしる　ばばやがー
ぴょこぴょこ　ぴのきお　やってきて
びくびく　びっくりばこ　あけた

ぷるぷる　ふるえる　ぷりんを　たべて
ぶつぶつ　いってる　ぶるどっく

ぺらぺら　おしゃべり　ぺんぎんが
べたべた　べっどに　ぺんきを　ぬった

ぽたぽた　ぽんかん　おちてきて
ぼつぼつ　ぼうしに　あなあけた

なんか読むだけで楽しい詩です。展開も想像を絶するもので、こんな発想できません、ぼくには。
「ぱ」や「ば」が行の中に二回以上使ってあって、連ごとにきちんとおさまっているからたまりません。

◎出典『へんな　かくれんぼ』のら書店

はひふへほは

まど・みちお

はひふへほは　ラッパに　むちゅうで
ぱぴぷぺぽ　ぱぴぷぺぽ

ぱぴぷぺぽは　ぶしょうひげ　はやし
ばびぶべぼ　ばびぶべぼ

ばびぶべぼは　はだかに　されて
はひふへほ　はひふへほ

はひふへほは　めから　ひが　でて
ぱぴぷぺぽ　ぱぴぷぺぽ

ぱぴぷぺぽは　しびれを　きらし
ばびぶべぼ　ばびぶべぼ

ばびぶべぼは　あごが　はずれて
はひふへほ　はひふへほ
はひふへほは　あったま　はげて
ぱぴぷぺぽ　ぱぴぷぺぽ
ぱぴぷぺぽは　はなかぜ　ひいて
ばびぶべぼ　ばびぶべぼ
ばびぶべぼは　わらって　ばかりで
はひふへほ　はひふへほ
（いやでなかったらまた初めにもどる）

　声に出して読んでいると、ちゃんと納得することのできる話になっていて、自然に読み方が決まってくるような感じがします。
　子どもたちなら、ほんとうに何回も何回も繰り返して読むでしょう。ストップかけるのが難しい詩です。
◎出典『いいけしき』理論社

わらえば　いいさ

宇部京子

あっははははは
いっひひひひひ
うっふふふふふ
えっへへへへへ
おっほほほほほ

わらいたかったら　わらえば　いいさ

あぁ～んあぁ～ん
いぃ～んいぃ～ん
うぅ～んうぅ～ん
えぇ～んえぇ～ん

おぉ～んおぉ～ん
なきたかったら　なけば　いいのさ

カッカッカッカッ
キッキッキッキッ
クックックックッ
ケッケッケッケッ
コッコッコンチクショウ

おこりたかったら　たっぷり　おこれ！

●●●●●●●●●●●●●●●●

笑い声も、泣き声も、怒り声もこんなにきちんと整列していたんだ、と思うと笑えてきました。

笑いグループ・泣きグループ・怒りグループと教室にはそれぞれ適任がいるような……

◎出典『リンダリンダがとまらない』理論社

④五十音のうた

五十音です。日本人は何回も繰り返し読んだことがあるでしょう。
詩人のみなさんは、それらをたくみに操り、そして楽しい世界を作り出しています。素敵な発想をお楽しみください。

あいうえおにぎり

ねじめ正一

あいうえおにぎり
ぺろっとたべて
かきくけころっけ
あつあつたべて
さしすせそーめん
するするたべて
たちつてとんかつ
むしゃむしゃたべた。
なにぬねのりまき
ぱくっとたべて
はひふへほかまん
ふうふうたべて

まみむめもなか
もぐもぐたべた。
やいゆえよーかん
まるごとかじり
らりるれろっぱい
ごはんをたべて
わいうえおもちも
んとたべた。

五十音を学んだ子どもたちにぴったりの詩です。おまけに、食べものですから、ノルこと間違いなし。

一行ずつ交互に読んだり、二行ずつで変わっていくのも楽しい読み方です。

◎出典『あいうえおにぎり』偕成社

あいうえおうた

谷川俊太郎

あいうえおきろ
おえういあさだ
おおきなあくび
あいうえお

かきくけこがに
こけくきかめに
けっとばされた
かきくけこ

さしすせそっと
そせすしさるが
せんべいぬすむ
さしすせそ

たちつてとかげ
とてつちたんぼ
ちょろりとにげた
たちつてと

なにぬねのうし
のねぬになけば
ねばねばよだれ
なにぬねの

はひふへほたる
ほへふひはるか
ひかるよやみに
はひふへほ

まみむめもりの
もめむみまむし
まいてるとぐろ
まみむめも

やいゆえよるの
よえゆいやまめ
ゆめみてねむる
やいゆえよ

らりるれろばが
ろれるりらっぱ
りきんでふけば
らりるれろ

わいうえおこぜ
おえういわらう
いたいぞとげが
わいうえお

ん

五十音を順に読むことができたら、今度は逆にも挑戦。

普通に逆に読むと難しく感じますが、流れができるとすらすら読めるようになるから不思議です。

子どもたちはすぐ暗唱できるでしょう。

◎出典『どきん』理論社

あいうえお・ん

鶴見正夫

あのこと　あのこが　あいうえお
おでこと　おでこを　こっつんこ
かけてく　ふたりは　かきくけこ
こぶたん　あたまが　おおいたい
さんさん　おひさん　さしすせそ
そらから　おでこを　てらしてる
たんぼの　かえるが　たちつてと
とんだり　はねたり　おおわらい
ならんで　すわれば　なにぬねの
のはらで　だれかも　わらってる

はっぱの　かげから　はひふへほ
ほらほら　こいつだ　かたつむり

まてまて　にげるな　まみむめも
もいちど　つのだせ　おなかだせ

やまから　ふくかぜ　やいゆえよ
よしよし　おでこを　さすってく

らっぱが　きこえる　らりるれろ
ろくじに　なったら　ひがくれる

わかれる　ふたりは　わいうえお
おでこの　こぶたん　もうないよ

こぶたん　んのじで　もうおしまい
あのこと　あのこも　さよなら　ばい

字数が四・四・五と揃っていて読みやすくなっています。すぐに覚えてしまうことでしょう。

　また一連ずつ、あとお・かとこ、というように出だしの文字が決まっているのも落ちつく要因になっています。

◎出典『日本海の詩』理論社

あいうえお

まど・みちお

あいうえおは　あおいでいる
あおい　うちゅうの　あおい　うえを

かきくけこは　かたくて　こちこち
かきっこ　くきっこ　かむ　けいこ

さしすせそは　すずしそう
さやさや　そよそよ　ささ　すすき

たちつてとたち　たてついてた
たてと　ついたて　つったてて

なにぬねのはね　ねないのね
なきの　なみだに　ぬれながらにね

はひふへほはん　はなはずかしい
はひひ　ふへへ　ほほが　はれて

まみむめもは　もう　むやみに　ねばつく
もっちり　むっちり　あめまみれ

やいゆえよは　やわいようよ
ぶよぶよ　ぶゆぶゆ　やわやわよ

らりるれろなら　ろれつが　もつれる
らるりり　れろりり　ろれろれろ

わゐうゑをは　おおさわぎだわ
わいわい　わやわや　てんやわんや

五十音のうたなのに、情景が浮かんできそうでうっとりします。

「あいうえお」や「かきくけこ」が言葉ではなく、生きているもののように感じます。それが読み方にも反映しそうです。

◎出典『ことばのうた』かど創房

アはアップルパイ

和田誠

アはアップルパイ
イはいそいで
ウはうかれて
エはえんりょして
オはおちついてたべた

カはかぼちゃのパイ
キはきもちよく
クはくるしそうに
ケはけんかしながら
コはこっそりたべた

サはさくらんぼのパイ
シはしずかに
スはすわって
セはせのびして

ソはそーっとたべた

タはたまごのパイ
チはちぎって
ツはつまんで
テはてづかみで
トはとびあがってたべた

ナはなつめのパイ
ニはにっこりと
ヌはぬすんで
ネはねころんで
ノはのんびりたべた

ハははちみつのパイ
ヒはひとりで
フはふしぎそうに
ヘはへんなかおして
ホはほおばってたべた

マはマロンのパイ
ミはみんなでわけて
ムはむしゃむしゃと
メはめんどくさそうに
モはもぐもぐたべた

ヤはやしのみのパイ
ユはゆっくりと
ヨはよろこんでたべた

ラはライチのパイ
リはリボンむすんで
ルはルンルンと
レはれいぎただしく
ロはろうそくたててたべた

ワはワイン
ンはうんとのんだ

この中ではアップルパイとマロンのパイしか食べたことがないので全部食べたいなあと思いました。

　そんな気持ちにさせてくれる詩です。

　こんな詩は食べたいパイを選んで交替で読んでみたいですね。
◎出典『パイがいっぱい』文化出版局

あいうえおおさか　くいだおれ

島田陽子

あの子に　あげたい　あわおこし
いっしょに　たべたい　いろごはん
ういろは　さいぜん　もろたけど
ええもん　ほしい　まだたらん
おこのみやきを　やいてぇな

かもうり　かすじる　かんとだき
きもすい　すきな　おじいちゃん
くしかつ　目ぇない　おばあちゃんと
けつねの　おいしい　みせのこと
こんまき　たべたべ　いうてはる

さいなら　さやまめ　さんどまめ
しっぽく　しのだで　またあした
すねる子　すうどん　うちすかン
せんぎり　ゆびきり　せぇろそば

そうめん　そんでに　なかなおり

たこやき　たらふく　たべたもん
ちりめんじゃこも　はいれへん
つうてんかくで　ひるねして
てっちり　ゆっくり　たべにいこ
どっこの　みせかて　にげへんテ

なべやきうどんは　あっつあつ
にゅうめん　ほどよう　たべごろに
ぬくずし　はんなり　おまっとはん
ねぎまも　ぐつぐつ　ゆげたてて
のぅれん　たのしい　たべあるき

はこずし　ばらずし　ばってらに
ひろうず　よばれて　ひぃくれて
ふろふき　ぶぶづけ　ごっつぉはん
へたって　しもた　ゆめンなか
ぼたもち　かにして　もうあかん

さいぜん＝さっき
かもうり＝とうがん（冬瓜）
かんとだき＝おでん
けつね＝きつねうどん
こんまき＝こぶまき
さやまめ＝えだまめ
すうどん＝かやくをいれないかけうどん
せんぎり＝千切だいこん・きりぼし
ちりめんじゃこ＝しらす
てっちり＝ふぐの鍋料理
ばらずし＝ちらしずし
ひろうず＝がんもどき
よばれて＝ごちそうになって
ぶぶづけ＝おちゃづけ
ごっつぉはん＝ごちそうさま
かにして＝かんにんして。ゆるして
やしんぼ＝いやしんぼ
ゆぅみそ＝ゆずみそ
よっぴて＝夜どおし
ろぉじ＝ろじ。せまいみち

まむしは　うなどん　においがえぇ
みたらしだんごは　みつがえぇ
むしずし　なつより　ふゆがえぇ
めおとぜんざい　なまえがえぇ
もみじの　てんぷら　おとがえぇ

やしんぼ　やめとこ　やわたまき
ゆぅみそ　そばから　てぇだして
よっぴて　しくしく　おなかいた
らりるれ　ろぉじで　ともだちが
わろても　よんでも　おきられへん

・・・・・・・・・・・・・・・・・・・・

よくこんなにたくさん書かれたものだと感心しました。そして、この中で食べたことのないものはあるかなあとも。

それにしても大阪ことばは、普段使わないぼくでもすぐに影響されそうな親しみのあることばです。
◎出典『大阪ことばあそびうた』編集工房ノア

ちくのいいわけ

三島慶子

あたまがいたくて
いがぐりふんづけて
うんちでなくて
えんがわでころんで
おしりがやぶれて
かぎがしまらなくて
きのうねつがあって
くつひもむすべなくて
けしごむかいにいって
こいぬがついてきて
さがしものしていて
しゅくだいしていて
すいとうわすれて
せきがとまらなくて
そうだんきいていて
たんぼにおちて

ちかんやっつけて
つめをきっていて
てがみだしにいって
ともだちにであって
なまずにすべって
にいさんびょうきで
ぬれてきがえてて
ねこにひっかかれて
ノートとりにかえって
はがぬけて
ひっくりかえって
ふくをえらんでいて
ヘリコプターみていて
ほかのでんしゃにのっちゃって
ママがねぼうして
みんなにくすぐられて

むかでおいだしてて
めがあかなくて
もやであるけなくて
やすみだとかんちがいして
ゆめのなかでまにあって
よるだとおもってて
ランドセルなくして
りんごのどにつまって
るすばんしていて
レインシューズはいてて
ろじうらでまよって
わたしはちゃんとおきたけど
んー　ごめんなさい

最近は、ちこくなんてあまりないと思いますが、これだけ理由ができると、どれかは使えそうですね。使う?

　タイトルを変えて、いろいろと五十音全部考えることを時々やってみたりするといいですね。
◎出典『空とぶことば』理論社

はやしことばカルタ

川崎洋

あんぽんたん
いじわる
うそつき
えっち
おたんこなす
かっこうばっかり
きざ
ぐず
けち
ごますり
さぎし
しみったれ
すれっからし
せこい
そんだい
たわけもの
ちんぴら
つるっぱげ
でれすけ
どじ
なきむし
にせもの
ぬけさく
ねぼすけ
のんべえ
はなたれこぞう
ひとりよがり
ふぬけ
へっぴりむし
ほらふき
まぬけ
みえっぱり

むしんけい
めだちたがり
ものぐさ
やぼてん
ゆうれいみたい
よくばり
らんぼうもの
りくつや
るーず
れいぎしらず
ろくでなし
わるがき

こんなカルタがあれば、子どもたちは大喜びですね。
でも、一つ一つ読んでいくと思い当たることばかりで、ぼくには辛い！　どきっ！
初めの一文字だけ読んで、あとをみんなで考えるのも面白いよ。
◎出典『だだずんじゃん』いそっぷ社

ひとことじてん

関今日子

「あー」…おどろいて
「いー」…だいっきらい
「うー」…いたくて
「えー」…しんじられない
「おー」…すごいすごい
「かー」…おどしつけて
「きー」…くやしくて
「くー」…ざんねんむねん
「けー」…やせがまん
「こー」…おてほん
「さー」…どうぞどうぞ
「しー」…だまって
「すー」…すかしっぺ
「せー」…かけごえあわせて
「そー」…うなずいて
「たー」…つっぱしる

「ちー」…しゃくにさわる
「つー」…ちょっといたくて
「てー」…とってもいたくて
「とー」…かめんらいだー
「なー」…たのむよ
「にー」…ひそかによろこぶ
「ぬー」…ぶきみにとうじょう
「ねー」…かおみあわせて
「のー」…おことわり
「はー」…がっかりして
「ひー」…こわくて
「ふー」…ほっとして
「へー」…はつみみ
「ほー」…なるほど
「まー」…びっくりして
「みー」…ねこによびかけ

「むー」…ごきげんななめ
「めー」…だめですよ
「もー」…おこりながら
「やー」…よびかけ
「ゆー」…えいごでよびかけ
「よー」…すごんでよびかけ
「らー」…はなうた
「りー」…とうるいねらえ
「るー」…はみんぐ
「れー」…どわすれ
「ろー」…うがい
「わー」…だいかんげき
「んー」…ふんばる

たったひとことで、こんなに感情があらわせるなんて、すごい。

上と下を逆にして、「おどろいて」と子どもたちに「あー」と言ってもらったことがあります。いろんな驚き方が出てきて楽しかったです。

◎出典『詩はうちゅう　1年』ポプラ社

いろはに　つねこさん

阪田寛夫

いろはにへとへと　ほがぬけて
ちりちりぬるぬる　をわかれよ
よだれたれそな　つねこさん
ならのむっちゃん　さようなら
うゐのうえのの　どうぶつえん
おくやまこえて　けふこえて
あさきひるきて　よるがきて
ゆめにみしみし　おおじしん
とんででもせず　ゑひもせず
きょうもねんねこ　つねこさん

自然にメロディーが生まれてくるようなそんな詩です。そして、にんまりと笑ってしまうような。

　子どもたちには、「あ」から始まる五十音だけでなく、「いろはに」も覚えてほしいと思います。

◎出典『ばんがれまーち』理論社

⑤じゅんのうた

いろんな順がありますす。わらべうたには、そんなものがたくさんあり伝えられてきました。
その現代版を詩人のみなさんがいろんな方向から取り組まれています。楽しんでください。

いーいーいー　かぞえうた

岸田衿子

いっちゃん　いじわる　いーいーいー
にーちゃん　にかいで　にやにやにや
さんちゃん　さらあらい　さらさらさら
よんちゃん　よなかに　よたよたよた
ごーちゃん　ごみばこ　ごそごそごそ
ろくちゃん　ろっくで　ろれろれろー
ななちゃん　ないしょばなし　なーなーなー
はっちゃん　はないき　はーはーはー
きゅうちゃん　きゅうくつ　きゅーきゅーきゅー
じゅっちゃん　じてんしゃ　じりじりじり

いいですね、こういうの。いいい、ににに、さささ、と三つのことばがきちんと並んでいるので、リズムを持って読むことができます。

それにしてもぶきみな世界。子どもたちの大好きな世界です。

◎出典『かぞえうたのほん』福音館書店

いけずかぞえうた

島田陽子

ひとつ　ひとより　ひつこうて
ふたつ　ふへいは　ぶうぶういい
みっつ　みんなに　みせびらかし
よっつ　よそもん　よせんとこ
いつつ　いけずが　いっちすき
むっつ　むげっしょ　むねがすく
ななつ　なぶって　なかしたろ
やっつ　やらしい　やんちゃして
ここのつ　ごてさく　こんじょわる
とおで　とことん　どつかれた

ひつこい…しつこい
よせんとこ…寄せないでおこう(仲間にいれないこと)
いけず…意地わる
いっち…一番
むげっしょ…無慈悲・非道
なぶって…からかって
やらしい…いやらしい
やんちゃ…いたずらっ児。いたずら
ごてさく…よくごてる人(ごてる…ごてごていう)
こんじょわる…根性悪。素直でない。意地わる
とことん…てってい的に
どつかれた…なぐられた

なんとなく、どきっとする詩です。ぼくもいけず？　でも大阪ことばってあまり、いやらしく感じませんね。

　自分たちの地方の言葉に置き換えてやるのもいいかも知れません。
◎出典『続大阪ことばあそびうた』編集工房ノア

あくたればうずの　かぞえうた

後藤れい子

一つとや
ひとりぼっちで　ひとりごと　ひとりごと
どの子をいじめて　やろうかな　やろうかな

二つとや
ふたりならんで　にらめっこ　にらめっこ
なかよしなんかに　なるもんか　なるもんか

三つとや
みんなでやった　いたずらの　いたずらの
おこごとひとりで　うけちゃった　うけちゃった

四つとや
よせといわれた　みずのなか　みずのなか
はいってじゃぶじゃぶ　大あばれ　大あばれ

五つとや
いつまでたっても　なきやまぬ　なきやまぬ

あの子とあそぶの　あかんべだ　あかんべだ

六つとや
むかしむかしの　おはなしを　おはなしを
きいててぐうすか　大いびき　大いびき

七つとや
なによりまたれる　おべんとう　おべんとう
となりのおかずを　のぞきみる　のぞきみる

八つとや
やっぱりわたしは　あわてんぼ　あわてんぼ
だれかのいいくつ　はいてゆく　はいてゆく

九つとや
ここからむこうは　ゆかれない　ゆかれない
まちぶせしていて　とおせんぼ　とおせんぼ

十とや
とうとうじかんに　なりました　なりました
のこりのいたずら　またあした　またあした

あくたれぼうず、という言葉に子どもたちは親しみがあるかどうかわかりませんが、その響きからわくわくすることでしょう。

曲がついていますので、歌ってみるのも楽しいことでしょう。
◎出典『あくたれぼうずの　かぞえうた』銀の鈴社

さきへ　すすまない　かぞえうた

川崎洋

いちだいでも　れいぞうこ
ひとりでも　にんじゅつつかい
ひとめもりでも　ミクロ
いちまいでも　シーツ
いちわでも　ごいさぎ
ひとへやでも　ろくおんしつ
いっけんでも　しちやさん
ひとびんでも　はちみつ
いっぽんでも　きゅうり
ひとはこでも　じゅうばこ
ひとかぶでも　百日草《ひゃくにちそう》
いったいでも　千手観音《せんじゅかんのん》
ひとこまでも　まんが
ひといきでも　オクターブ

・・・・・・・・・・・・・・・・

♪一本でもにんじん♪という歌を思い出しましたが、これは少し違いますね、それがおもしろいと思います。

　他にはないかなあ、と子どもたちは探すことでしょう。
◎出典『どんどんちっち　どんちっち』学研

0からはじまる　むしじんせい

本間ちひろ

れいから　はじまる　むしじんせい
いもむしくんは　いがながい
にいにいぜみは　にもつもち
みずすましにも　みずあげて
しみくん　しあわせしらぬまに
ごきぶり　ごしゅじんごちょうない
むかで　むかしはむこうみず
ななふし　なめくじ　なまがわき
はちは　はたらき　はたきかけ
くもの　くるまは　くにんのり
とうごうやぶか　とうとうばちん

ほんとうは、それぞれの数字で一つずつの詩があるのですが、そのシリーズの最後にまとめとして作られたものです。全文載せなくてごめんなさい。

出だしの言葉が揃っているのが読みやすくしています。ななふしは二回家の玄関で見ましたと自慢。

◎出典『金魚のでんわ』書肆楽々

いちがつ　にがつ　さんがつ……

谷川俊太郎

いちがつは　いばってる
いっとうとったと　いばってる
にがつは　にているな
にこにこふたご　にているな
さんがつは　さようなら
さみしいけれど　さようなら
しがつは　しらんかお
しってるくせに　しらんかお
ごがつは　ごりらです
ごめんください　ごりらです

ろくがつは　ろけっとだ
ろくじにうちあげ　ろけっとだ

しちがつは　しおこしょう
したであじみる　しおこしょう

はちがつは　はだかんぼ
はずかしいけど　はだかんぼ

くがつは　くさいなあ
くんくんおなら　くさいなあ

じゅうがつは　じゅうじろだ
じどうしゃちゅうい　じゅうじろだ

じゅういちがつ　じかんかな
じきにおやつの　じかんかな

じゅうにがつ　じゆうです
じぶんでやれる　じゆうです

一月から十二月まで、ちゃんと言葉のはじめをそろえて、読みやすくしてあります。
誕生月ごとに読んでいくのもいいでしょう。ちなみに、ぼくはろけっと月です。

◎出典『どきん』理論社

どんなむしがいるかな

長《おさ》田《だ》弘《ひろし》

ひとつ　ひねむし
ふたつ　ふくれむし
みっつ　みえぼうむし
よっつ　よわむし
いつつ　いばりむし
むっつ　むずかりむし
ななつ　なきむし
やっつ　やっぱり　わすれむし
ここのつ　ここにも
とう　どこにでも
むしが　いるぞ
まだまだ　いるぞ

だれの　むしだ？
きみの　むしだぞ
おこっちゃ　だめだぞ
あいうえ　おこると
かきくけ　こまるぞ
さしすせ　そんだぞ
たちつて　ターボー
たちつて　ほんと
なにぬねの　だぞ
はまやら　らんぼう
しないって　やくそく
ゆびきり　げんまん
わらって　ンだぞ

なんとなく、この詩にも心当たりがあるような「むし」ばかりで、肩身が狭くなります。特にこの頃「わすれむし」がよく出てきて…。
　これからは、いいむしになるように頑張らなくちゃとも思いました。

◎出典『心の中にもっている問題』晶文社

えと

三島慶子

ねずみがらくがき
うしのおなかに
とらのもようが
うきでてる
たってみても
みつめてみても
うまくかけてる
ひつじがおどろき
さるあとずさる
とりけすらくがき
いぬもきょうりょく
いろいろぬりかえ
えと・せとら

未だに、最後までは不安になる十二支です。ぼくだけですか？

　最後の「えと・せとら」がシャレてます。これぐらいの長さなら自分の「えと」の詩にもぜひチャレンジしてください。

◎出典『空とぶことば』理論社

年めぐり

阪田寛夫

かるた　たこあげ　げんきなこ
こけし　しもやけ　けやきのめ
めだか　かげふみ　みずすまし
しがつ　つみくさ　さくらもち
ちまき　きつつき　きりのげた
たうえ　えひがさ　さくらがい
いなか　かなかな　なつやすみ
みさき　きいちご　ごむぞうり
りんご　ごいさぎ　ぎんやんま
まつり　りんどう　どうわげき
きのみ　みのむし　しかのこえ
えいが　がいとう　おおみそか

ことばが、三・四・五文字と増えていき統一されて、それでいてしりとりになっていて、おまけに一月から十二月となっていて…これはすごい。

　たんたんと、そして歯切れよく読んでいくのがいいかも知れません。
◎出典『夕日がせなかをおしてくる』国土社

わたしのアルファベット

薩摩忠

A　進んで行く小舟の舳先《へさき》
B　ちんどん屋の鉦《かね》と太鼓《たいこ》
C　透明なひびき
D　翅《はね》をたたんだ蝶《ちょう》
E　小さな手帳
F　この鍵《かぎ》はまだ一度も使ったことがありません
G　水面の浮子《うき》
H　ラグビーのゴールポスト
I　わたしは世界にたった一人
J　打ちそこなった釘《くぎ》
K　クッション・ボール
L　ブック・エンド
M　しゃがんでいるのは誰？
N　ジャンプ!!

O　なにがこの卵から孵《かえ》るのだろう
P　風もないのにはためいている旗
Q　うしろむきのねずみ
R　まだなにも描《えが》かれていないカンバス
S　蛇《へび》の体操
T　行き止まり
U　グラス
V　ワン・バウンド
W　地面に落ちた雨のひとつぶ
X　交わるって　どういうこと？
Y　分かれ道
Z　おっと　これでおしまい

これは読むというより、見て楽しむ方がいいかも知れません。

　小学校からアルファベットが身近になる時代になりました。苦痛にならないように、こうやって楽しむことが大切です。

　ひらがな・カタカナ・漢字でもできそうですね。
◎出典『まっかな秋』教育出版センター

⑥早口ことばうた

子どもたちの大好きな早口ことばです。古典的なものを含んだものから現代の早口ことばまで、たっぷりと楽しんでください。
では、スタート！

早口ことばのうた

藤田《ふじた》圭雄《たまお》

早口ことばを知ってるかい
おやゆびしっかりにぎりしめ
くちびるじゅうぶんしめらせて
あたまをひやしてしゃべるんだ
　生麦《なまむぎ》　生米《なまごめ》　生卵《なまたまご》

むずかしそうだがなんでもない
おへそにちからをいれるのさ
ほっぺたよくよくもみほぐし
あおぞらみつめてしゃべるんだ
　交響曲《こうきょうきょく》　歌曲《かきょく》　協奏曲《きょうそうきょく》

だれなのみてたのきいてたの
れんしゅうちゅうだよだめですよ
ひとりじゃてれるよまごつくよ
ふたりでなかよくしゃべろうよ
　消防車《しょうぼうしゃ》　清掃車《せいそうしゃ》　散水車《さんすいしゃ》

定番の早口ことばを入れて、音楽が流れるような詩となっています。

　早口ことばの部分を代表者が読み、あとは全員で励ますように読むのもいいかも知れません。
◎出典『地球の病気』国土社

はやくちうた

川崎洋

ブリの群《む》れのビリのブリ
このネコはこの子ネコの母ネコ
片目《かため》つぶるカタツムリ
なま肉なまなまハムなまラーメン
父さんトマトまとめて十買った
おでんと都電はぜんぜんちがう
塩焼きむし焼きつけ焼きすき焼き
寝ぞう悪い象もいれば寝ぞういい象もいる
親カモシカのあとから子カモシカ
だぢづでどのさかさはどでづぢだ

一行ずつ挑戦して、できるようになったらだんだん行を増やしていくのもいいでしょう。

全部をどれだけ速く言うことができるのでしょう。ぜひやってみてください。

◎出典『しかられた神さま』理論社

はやくちことば

有《あり》馬《ま》敲《たかし》

むこうの　なばたけに
　かもが　八ぴゃっぱ
　　こがもが　八ぴゃっぱ
　かもが　こめをかみ
こがもが　こごめかむ
むこうの　たけがきに
　なぜたけたてかけた
　　なぜたてかけたかって
　たけかけたかったから
ただたけたてかけた

読む前からギブアップしそうなぼく。でも子どもたちは進んでやることでしょう。

　クラスで連続して読んでいくのも面白いと思います。何回続くのか記録をとるのもおもしろいでしょう。でも、どうしたら正確に速く読める？
◎出典『ありがとう』理論社

こえをだしてよむし

内田麟太郎

ほにょみ　はにょみこ
ふにゃりこ　へにゃこ
ふんにゃり　はんにゃり
しにゃにゃにゃ　くにゃにゃにゃ
へなな　ふにゃにゃ
かかかか　きここ
けきけきけきけき
たこたこ　こたた
こたた　いたたた
いたたた　たたこ

タイトルのようにきちんと声を出して読みましょう。

でも、一番初めから、少しくだけちゃって、力抜けちゃって、声が出るかとても心配なのです。
◎出典『きんじょのきんぎょ』理論社

ふたごのこぶた

石津ちひろ

ふたごの　こぶたが
しょくごの　さんぽ
はしごで　リンゴ
ボンゴで　マンボ
ひぐまの　ひまごに
えいごで　らくご
ふたごの　こぶたが
さんぽで　まいご
まごまご　まいご

ふたごの　こぶたが
しょくごの　さんぽ
はしごで　マンゴ
ボンゴで　マンボ
ひぐまの　ひまごと
えいごで　ビンゴ
ふたごの　こぶたが
さんぽで　まいご
まごまご　まいご
さいごに　まいご

自然とリズムに乗ってしまうような、そんな早口ことばです。
でも、安心していたら…あー、ぼくは「ひぐまの　ひまごに」で噛んじゃって…またやりなおしです。
◎出典『あしたのあたしはあたらしいあたし』理論社

ことばの　けいこ

与田準一

にぇおう　にぇおう
　にゃ　にゅ　にょ、
子ねこは　子ねこと
　ことばの　けいこ、
にぇおう　にぇおう
　にゃ　にゅ　にょ。

ぺっぷう　ぺっぷう
　ぴゃ　ぴゅ　ぴょ、
ポプラの　はっぱが
　ことばの　けいこ、
ぺっぷう　ぺっぷう
　ぴゃ　ぴゅ　ぴょ。

けっくう　けっくう
　きゃ　きゅ　きょ、
かえるが　かえると
　ことばの　けいこ、
けっくう　けっくう
　きゃ　きゅ　きょ。

せっすう　せっすう
　しゃ　しゅ　しょ、
れっしゃは　れっしゃと
　ことばの　けいこ、
せっすう　せっすう
　しゃ　しゅ　しょ。

びゅうびん　びゅうびん
　びゃ　びゅ　びょ、
バイオリンと　バイオリンは
　バイオリンの　ことば、
びゅうびん　びゅうびん
　びゃ　びゅ　びょ。

めえもう　まあもう
　みゃ　みゅ　みょ、
まさおと　みよこが
　ことばの　けいこ、
めえもう　まあもう
　みゃ　みゅ　みょ。

こんなにリズムのある楽しいことばを音読すると、みんな日本語が大好きになりますね。
　みんなで分担して読んだり、順に読んだり、速く読んだりすると楽しみも大きくなります。
◎出典『は　は　はるだよ』金の星社

もぐら

まど・みちお

もぐらは　もろもろの　もののうち
もっとも　もぐらな　ものだから
もったいぶっては　もぐるのか

もぐらは　もぐらで　もうそれだけで
もうしぶんなく　もぐらだから
もはんの　モデルで　もぐるのか

もぐらは　もぐるので　もぐらだから
もうからなくても　もうかっても
もんくも　もうさず　もぐるのか

もぐらは　もちろん　もぐらだから
もぐりたいだけ　もぐれるのが
もっけの　もうけで　もぐるのか

もぐらは　もともと　もぐらだから
もぐらなくては　もったいなくて

もうろくするまで　もぐるのか

もぐらは　もっぱら　もぐらだから
もぐらで　もぐらを　もたせようと
ものものしくも　もぐるのか

もぐらは　もうれつ　もぐらだから
もぐるはしから　もう　もどかしく
もっと　もっとと　もぐるのか

もぐらは　もぐるのが　モットーだから
もぐらなくては　もうしわけなくて
もくもく　もとめて　もぐるのか

もぐらは　もっか　もぐらだから
もぐらなくても　もぐらなのに
もしもと　おもって　もぐるのか

もぐらは　もうはや　もろともに
ももんがではなく　もぐらだから
もちつ　もたれつ　もぐるのか

●●●●●●●●●●●●●●●

いや、十連とも突破するのがとてもとても。速く読もうとすればするほど、口はもごもごしてくるのです。

子どもたちは、こんな時ほどやる気を起こしますね。いつも負けていました。

◎出典『ことばのうた』かど創房

早口ことば

小沢千恵

1　がまん
がまんしなさいがまんしろがまんなんでもかんでもがまんがまんといわれあたまががんがんおへそががちゃがちゃゆをわかすからだじゅうがふっとうしてがまんがまんとじゅもんじゅっかいああしんどやっとありついたがまんじるしのまんごうじゅうす

2　あのこ
あのこがあいつにういんくしてあのこがあいつのうんどうぎをうんうんひっぱってあいつがとんとんとんまのあかんべえー
あのこがあいつをおいかけてあいつがにげてあのこがあいつをつかまえてまるめこませてふたりそろってだんごむし

3　冬の虫

みのむしへりむしなきむしこむしこがらしふ
くとこころがしみてみのむしふくろのへりか
らかおだしてなきなきさむさむこもりがち
こがらしふくひはみのむしなきなきふゆのむし

4　せみ

みんみんぜみせみせみがみんなみんみん
みんといっせいにきのうえでせみのがっこう
のだいがっしょう
ちびぜみちゅうぜみおおぜみせみせんせい
みんなみんみんおおさわぎ

5　ねこ

くろねこしろねこきじゃらねこおおねこちゅうねこ
こねこたちみんながよなかのねこかいぎにゃあー
にゃおーぎゃあにゃーにゃーにゃーおんよなかの
やみよにほしのかずほどひかるめに
にかいでねていたおおやがおこりだし
うるさいねこども　はよねにかえれー
ねこねこねこのなまえもしらないねこたちの
ひみつのねこかいぎねむねむまちのうらどおり

五つの早口ことばです。どれからでもいいので挑戦してください。
　ぼくは「せみ」が一番時間がかかりました。また、「ねこかいぎ」は経験あるので、やめてほしいと思いました。さて、あなたのベスト1は？

◎出典『虹3・4号』虹の会

これは　のみの　ぴこ

谷川俊太郎

これは　のみの　ぴこ

これは　のみの　ぴこの
すんでいる　ねこの　ごえもん

これは　のみの　ぴこの
すんでいる　ねこの　ごえもんの
しっぽ　ふんずけた　あきらくん

これは　のみの　ぴこの
すんでいる　ねこの　ごえもんの
しっぽ　ふんずけた　あきらくんの
まんが　よんでる　おかあさん

これは　のみの　ぴこの
すんでいる　ねこの　ごえもんの
しっぽ　ふんずけた　あきらくんの
まんが　よんでる　おかあさんが
おだんごを　かう　おだんごやさん

これは　のみの　ぴこの
すんでいる　ねこの　ごえもんの
しっぽ　ふんずけた　あきらくんの
まんが　よんでる　おかあさんが
おだんごを　かう　おだんごやさんに
おかねを　かした　ぎんこういん

これは　のみの　ぴこの
すんでいる　ねこの　ごえもんの
しっぽ　ふんずけた　あきらくんの
まんが　よんでる　おかあさんが
おだんごを　かう　おだんごやさんに

おかねを　かした　ぎんこういんと
ぴんぽんを　する　おすもうさん

これは　のみの　ぴこの
すんでいる　ねこの　ごえもんの
しっぽ　ふんずけた　あきらくんの
まんが　よんでる　おかあさんが
おだんごを　かう　おだんごやさんに
おかねを　かした　ぎんこういんと
ぴんぽんを　する　おすもうさんが
あこがれている　かしゅ

これは　のみの　ぴこの
すんでいる　ねこの　ごえもんの
しっぽ　ふんずけた　あきらくんの
まんが　よんでる　おかあさんが
おだんごを　かう　おだんごやさんに
おかねを　かした　ぎんこういんと
ぴんぽんを　する　おすもうさんが
あこがれている　かしゅの
おうむを　ぬすんだ　どろぼう

これは　のみの　ぴこの
すんでいる　ねこの　ごえもんの
しっぽ　ふんずけた　あきらくんの
まんが　よんでる　おかあさんが
おだんごを　かう　おだんごやさんに
おかねを　かした　ぎんこういんと
ぴんぽんを　する　おすもうさんが
あこがれている　かしゅの
おうむを　ぬすんだ　どろぼうに
とまと　ぶつけた　やおやさん

これは　のみの　ぴこの
すんでいる　ねこの　ごえもんの
しっぽ　ふんずけた　あきらくんの
まんが　よんでる　おかあさんが
おだんごを　かう　おだんごやさんに

おかねを　かした　ぎんこういんと
ぴんぽんを　する　おすもうさんが
あこがれている　かしゅの
おうむを　ぬすんだ　どろぼうに
とまと　ぶつけた　やおやさんが
せんきょで　えらんだ　しちょう

これは　のみの　ぴこの
すんでいる　ねこの　ごえもんの
しっぽ　ふんずけた　あきらくんの
まんが　よんでる　おかあさんが
おだんごを　かう　おだんごやさんに
おかねを　かした　ぎんこういんと
ぴんぽんを　する　おすもうさんが
あこがれている　かしゅの
おうむを　ぬすんだ　どろぼうに
とまと　ぶつけた　やおやさんが
せんきょで　えらんだ　しちょうの
いれば　つくった　はいしゃさん

これは　のみの　ぴこの
すんでいる　ねこの　ごえもんの
しっぽ　ふんずけた　あきらくんの
まんが　よんでる　おかあさんが
おだんごを　かう　おだんごやさんに
おかねを　かした　ぎんこういんと
ぴんぽんを　する　おすもうさんが
あこがれている　かしゅの
おうむを　ぬすんだ　どろぼうに
とまと　ぶつけた　やおやさんが
せんきょで　えらんだ　しちょうの
いれば　つくった　はいしゃさんの
ほるんの　せんせい

これは　のみの　ぴこの
すんでいる　ねこの　ごえもんの
しっぽ　ふんずけた　あきらくんの
まんが　よんでる　おかあさんが
おだんごを　かう　おだんごやさんに

おかねを　かした　ぎんこういんと
ぴんぽんを　する　おすもうさんが
あこがれている　かしゅの
おうむを　ぬすんだ　どろぼうに
とまと　ぶつけた　やおやさんが
せんきょで　えらんだ　しちょうの
いれば　つくった　はいしゃさんの
ほるんの　せんせいの
かおを　ひっかいた　ねこの　しゃるる

これは　のみの　ぴこの
すんでいる　ねこの　ごえもんの
しっぽ　ふんずけた　あきらくんの
まんが　よんでる　おかあさんが
おだんごを　かう　おだんごやさんに
おかねを　かした　ぎんこういんと
ぴんぽんを　する　おすもうさんが
あこがれている　かしゅの
おうむを　ぬすんだ　どろぼうに
とまと　ぶつけた　やおやさんが
せんきょで　えらんだ　しちょうの
いれば　つくった　はいしゃさんの
ほるんの　せんせいの
かおを　ひっかいた　ねこの　しゃるるの
せなかに　すんでいる　のみの　ぷち

絵本にもなっている積み上げ歌。

だんだん積み上げていきます。自分の読む言葉を決めて、順に交替しみんなと合わせていくか、いろいろな方法で読んでいくか、いろいろな方法でチャレンジできる詩です。
◎出典『これはのみのぴこ』サンリード

どうぶつ　はやくちあいうえお

岸田衿子

あんぱんぱくぱくぱんだのぱんや
いかにかにがちょっかいいかいかった
うしろでうろうろうるさいうし
えびえんびふくきてえんぶきょく
おっとせいのおとうさんおっとせいのび
かばくんのかったかばんばかにでかかった
きりんのきりぬききりがない
くまこままわしめをまわす
けむたがるけむしにけむりむりにむけるな
こぶたぶったらたんこぶできたぶうぶう
さざえのさんすうさざえがきゅう
しまのひまなしまうまのしまのうんこ
すずかけにすずめすずなりでゆうすずみ
せみうるよみせをみせによる

そっとこぞうがぞうにぞうにやる
たすきがけのたぬきたんすにはたきかけ
ちょっときょうようちえんによったちょうちょ
つきのうさぎもちついてしりもちついた
てんとうむしとおでとうとうてんとりむし
とんでるとんぼぽんとぼうしとばしてとる
ないてるなまずのなみだもなみのなか
にわのにわとりにわのとりっこにらめっこ
ぬーっとでたぬまのぬしぬまがえる
ねつきのわるいきつねめつきのわるいめぎつね
のねずみみずのめみみずのむな
はげたかいつはげたかげたはけたたか
ひょうはきょうびょうきでひょろひょろ
ふくろうくろいふくめんしてふくどろぼう
へびのおびにおびえるおに
ほしがらすほしほしがらず
まんまとまとまとったまんとひひ

みのむしみみなしのみにみのなし
むささびむしばにむせびなく
めがねざるめがさめる
もぐらむりにもぐってくらくら
やぎのやきいもやのやきたてのやきいも
ゆでだこかったかいかたいかい
よなかせなかかくきゃくのいぬ
らくだのくらはまくらにらくだ
りんごごくうごりらごくろうごくろう
るすばんするりすするりずらかる
れこーどねこねころんでよろこんできく
ろばのろうばろばたでたばこ
わらわれてわらえぬわらいかわせみ

一つでも速く読んでいくとひっかかりそうなのに、五十音全部あって、しかも楽しい生きものばかりで…。なんか親しみが持てます。

　カルタでも挑戦するといいですよ。
◎出典『どうぶつ　はやくちあいうえお』のら書店

⑦ なぞうた

いろんな楽しいなぞを含んだ詩を集めてみました。
答えが詩の中にあるものから、必死に考えなくてはならないものまであります。
みんなで楽しんでください。

にんじん

藤富保男

にいさん
そんなに
にんじんたべて
にんじんいろになるぞ
ぼくだいきらいなのに
ほんとにしらないよ
あらあらあかいにいさんになっちゃった

さて、この「にんじん」のどこになぞがあるのか? わかりますか?

　原文にはなぞのところだけ色がついてわかりやすくなっていますが、ここではそんなサービスはありません。

　ただヒント! 少し高度なアクロスチックです。
◎出典『やさいたちのうた』福音館書店

なぞなぞ

小野寺悦子

くるしくてもはなれない
つよくむすびついたふたりですもの

なにをしててもついてくる
まえにもうしろにもひっついて
ええともいいともいってないのに

こどものときは
うまいおっぱいのんでて
もうちょっと　おっきくなったら
りっぱにとんでってむしとってくうさ

あいつにゃちっともコレクションぐせないね
せっせせっせとしみたりとんだりながれたり

かたあしで　雨ふる日におでかけ
さあっと　スカートひろげます

とうに忘れたこともなあ
しわのおくにかくしてあるんじゃ
よっぽど昔のことだあな
りすのようにはしっこかったことはよ

かたりともいわずに歩き
たらりとひいた　ぎんの虹
つめたい　雨の日は
むりをせず葉っぱの下にいる
りこうもの

おはよう
ひまなし
さよなら
またいうの

からかっても　しらんふりして
えらそうに　なくばかりだよ
るるる　けろりり　けろるる

答えは？わかりますね。各行の一番上のことばを読んでいけばわかります。このような作り方をアクロスチックと言います。

こんな方法がわかると、子どもたちは自分で作るようになります。

◎出典『レモンあそび』理論社

なにが　かくれてる

のろさかん

「あいうえお」には　なにが　かくれてる
「いえ」と「うお」

「かきくけこ」には　なにが　かくれてる
「かき」と「きく」

「さしすせそ」には　なにが　かくれてる
「すし」と「しそ」

「たちつてと」には　なにが　かくれてる
「たつ」と「つち」

「なにぬねの」には　なにが　かくれてる
「ぬの」と「にな」

「はひふへほ」には　なにが　かくれてる
「はは」と「ほほ」

「まみむめも」には　なにが　かくれてる
「まめ」と「もみ」

「やゆよ」には　なにが　かくれてる
「や」と「ゆ」

「らりるれろ」には　なにが　かくれてる
「ろーる」と「れーる」

「わ」には　なにが　かくれてる
「わ」

「ん」には　「ん」
おしまい

・・・・・・・・・・・・・・

こんなふうに五十音の一行一行をみたことがなかったので、とても新鮮でした。
　きっと子どもたちはもっともっと見つけるでしょうね。自分で作る言葉もあるかも知れません。
◎出典『天のたて琴』銀の鈴社

ことばかくれんぼ

川崎洋

フランスのなかに
ラン（蘭）
アメリカのなかに
あめ（飴）
イギリスのなかに
リス（栗鼠）
ソマリアのなかに
まり（鞠）
カメルーンの中に
カメ（亀）
モンゴルのなかに
もん（門）

だいかんみんこく（大韓民国）のなかに
イカ（烏賊）

にほん（日本）のなかに
ほん（本）

アフガニスタンの中に
かに（蟹）

アイスランドの中に
いす（椅子）

イタリアの中に
いた（板）

南アフリカの中に
なみ（波）

エルサドバドルの中に
さる（猿）

世界の国の中から見つけるとはびっくりしました。日本はやっぱり本ですか、それで今、この本作っています。

世界にはたくさんの国があるので、子どもたちにはぜひ全部の国に当たってほしいですね。

◎出典『だだずんじゃん』いそっぷ社

これなあに

石津ちひろ

あらあらいったい
これなあに……
荒《あら》いカバ《かば》？
愛馬《あいば》から？

あら　飼《か》い葉《ば》？
あ・ば・らかい？
いえいえこれは……
赤《あか》いバラ《ばら》！

アナグラムというのは「言葉の綴りの順番を変えて別の語や文を作る遊び」（広辞苑）です。ぼくの大好きなクイズ番組でも、有名人の名前を使って問題にしています。

一つの言葉から、こんなに作ることができるのもすごいですね。

◎出典『あしたのあたしはあたらしいあたし』理論社

こん虫のはなし

高丸もと子

オニヤンマ　やまにはおらん
ミヤマアカネ　かねにそまったあのやまをみろ
ヒメシジミ　はじめのひみつしられたからには
モンシロチョウ　もんをしめてちょうちんさげろ
モンキアゲハ　あげくのはてはもんきりのことば
カミキリムシ　みきりひんだよむりしてかいな
カラスアゲハ　すっからかんにはねあげられて
シオヤアブ　あしをあらったおやぶんが
ミヤマサナエ　さあやまをみなせえ
オニヤンマ　やまをみてもやまにはおらん

●●●●●●●●●●●●

さあ、この詩の秘密がわかるでしょうか？　それがわかれば、今度はしっかり読んでください。

　さて、ここに紹介されたこん虫、すべてわかりますか？
◎出典『あした』理論社

おわりだけではわからない

大橋政人

ぼくのお母さんの弟さんの名前は
ユキオと言うが
ちいさいころは
トタン
と呼《よ》ばれていたのだそうだ
ユキオちゃんが
オチャンになって
オタンになって
いつの間にかトタン
に、なったのだそうだ
おわりだけ聞いたのではわからない

ぼくの家には二匹《ひき》の子ネコがいて
そのうちの一匹
ふとっていて
ドジで
アメリカン・ショートヘアの
できそこないみたいのを
ぼくたちはいつも、ペッペ
と呼んでいるが
本名はカナである
カナが
カナッペになり
ナッペになり
さいごにペッペになった
おわりだけ聞いたのではわからない

　こういう結果から過程を想像したり、探っていったりすることを子どもたちは大好きですよね。

　名前だけでなく、今、ぼくたちが使っている言葉の中にもそういうものがあります。

　そういうことに気づかせてくれる詩です。

◎出典『十秒間の友だち』大日本図書

五つのエラーをさがせ！

木坂涼

「ねえママ
ねこがかいたい」

「だめ！
ねこなんかかってごらんなさい
へやの角という角に片足あげておしっこするのよ
ジョーダンじゃないわ」

「じゃあ　いぬ
いぬかおうよ　ねえママ」

「だめったらだめ！
毎日おさんぽにつれてゆける？　いけっこないでしょ
じゅくにプールに一杯飲み屋
あいてる時間なんてないじゃないの」

「じゃあ　とり
肩なんかにのる　ことり」
「あなたね　かんがえてもごらんなさい
肩にのってるうちはいいわよ　でもそのうち
マンションのゆかをパッパカパッパカ
音たてて走るようになるのよ」
「ママ　へんだよ
とりはパッパカ走らないよ」
「あら　あきれた　このこはまあ！
じゃあ　なんて走るってゆうのよ」
「ウンパカってあたりかな」
〝うちの子はまあ　耳がいいわ！〟

この詩を教室で読んだら…、みんなすぐ五つを探し始めることでしょう。
答えを詩に書いて発表したりすることもおもしろいかも知れません。
◎出典『五つのエラーをさがせ！』大日本図書

もじさがしのうた

岸田衿子

あかさたなはまやらわ

はなさがす
わらべきた
さわやかな
やまのあさ

いきしちにひみいりい

みんなして
ひまなひに
いぎりすの
ちずをみる

うくすつぬふむゆるう

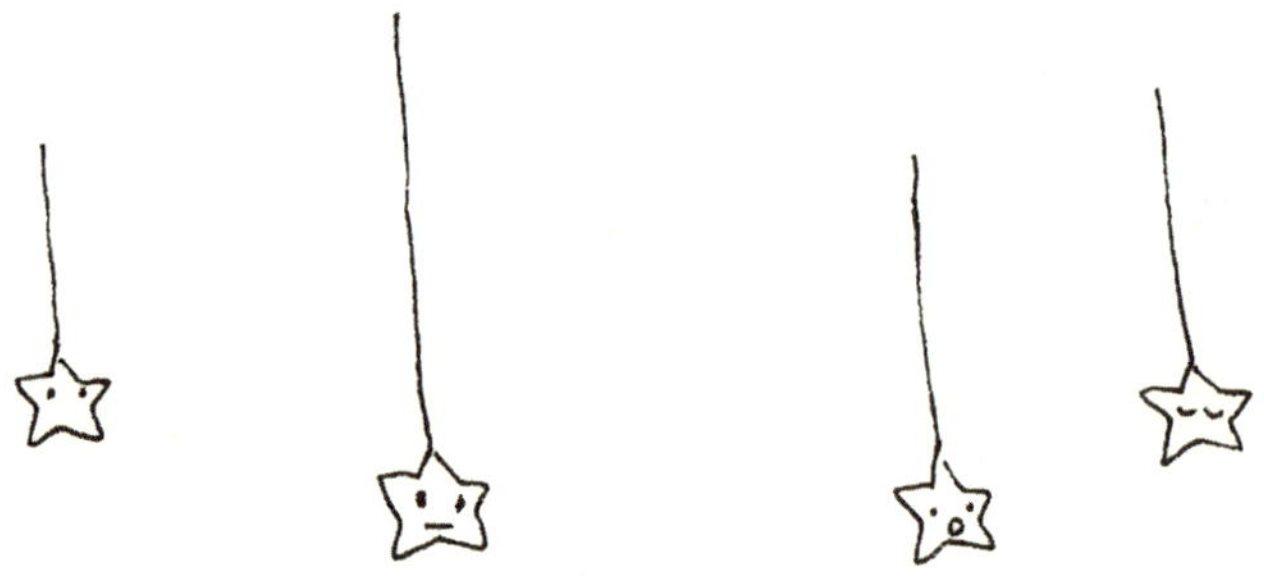

ふゆもすぐ
むつかるこ
うるさくて
いぬふるえ

えけせてねへめえれえ

めがさめて
せんねんめ
えれきひけ
へいのうえ

おこそとのほもよろお

このごろの
ほしのよる
こそどろも
おとそのむ

「あかさたなはまやらわ」と読むと「あいうえお」とは違う、やわらかさがあるような気がします。
　そして、それらの文字を使って一つの話を作る、それも定型みたいに。美しさを感じます。
◎出典『母の友』福音館書店

どくん

三島慶子

はじまりは
みえないほどの
ひとしずく

やがて　いとのような
ちいさな　ながれは
きしをかみ
すなをまきこんで
おおきなおおきな
ながれになる

かわのようだよ
ぼくたちも
おかあさんのなかで
しずくのような
いってきの　どくん

やがて　すこしずつ
どくんのながれは
はやく
ふとくそだって
うんがになって
からだぜんぶを
めざして

おかあさんから
とおくはなれた
いまでも
むねのなか
どくんは　たゆたう

だれかのぬくみへ
とどけと
うちよせつづけるのだろう

ほら、いまも
どくん……
どくん

（五十音をさがしてね）

（五十音をさがしてね）と書いてあるからには、さあ探しましょう。
　こうやって、五十音だとか自分の名前とかを入れて詩を作るのは難しそうで楽しいことですよ。一度作ってみてください。
◎出典『空とぶことば』理論社

⑧ 音のうた

詩人のみなさんは、音をこんなふうに聴いて、こんなふうに表現するんだということを味わってください。

そして、自分でも身近なもので作ってみるといいですね。

おならうた

谷川俊太郎

いもくって　ぶ
くりくって　ぼ
すかして　へ
ごめんよ　ば

おふろで　ぽ
こっそり　す
あわてて　ぷ
ふたりで　ぴょ

これはたまらないですね。おならが何ともかわいく聞こえます。においがないのが幸いです。

　さあ、他にどんなおならの音があるか、子どもたちと発見したいですね。

◎出典『わらべうた』集英社

生まれる

高橋忠治

ずいっ　ずいっ　ずずずずっ
ちょん!
ぶりっ　ぶりっ　ぶりぶりっ
ぷっくん!
ごぼっ　ごぼっ　ごぼごぼっ
とん!
るいっ　るいっ　るるっ
ぽん!

不思議な音です。何かが生まれる時、こんな音がするのでしょうか?
それぞれが、自分の体験からいろいろと考えるでしょう。それが詩の楽しみでもあります。何度でも読んで、想像したいですね。
◎出典『りんろろん』かど創房

音

まど・みちお

ピアノの音　ぽろん
サクランボ　ひとつ

たいこの音　どどん
大波　ひとつ

カスタネット　けけ
おこうこ　ひときれ

らっぱの音　ぺぽー
あんぱん　ひとつ

トライアングル　つーん
かみの毛　一本
すずの音　ちりん
マメの花　ひとつ
もくぎょの音　ぽこん
たんこぶ　ひとつ
うそっこ　うた　たらりー
にじの橋　ひとつ

楽器の音と、それからイメージするものとが対のようになっていて、それがぴったりしています。
かけ合いで楽しくできそうですが、それぞれで工夫して統一とかは考えない方がおもしろくできるかも知れません。
◎出典『てんぷらぴりぴり』大日本図書

いろんな　おとの　あめ

岸田衿子

あめ　あめ
いろんな　おとの　あめ

はっぱに　あたって　ぴとん
まどに　あたって　ぱちん
かさに　あたって　ぱらん
ほっぺたに　あたって　ぷちん
てのひらの　なかに　ぽとん
こいぬの　はなに　ぴこん
こねこの　しっぽに　しゅるん
かえるの　せなかに　ぴたん
すみれの　はなに　しとん
くるまの　やねに　とてん

あめ　あめ　あめ　あめ
いろんな　おとの　あめ

あめだけでも、相手によってこんなに音があるのだなあと思うと耳をすませたくなります。

　それにあめ自身の音だって他にあるだろうし。

　子どもたちといろんな音を発見したいですね。

◎出典『へんな　かくれんぼ』のら書店

空からのお知らせ

高丸もと子

テッペンカケタカ
ペッテンキテキテ
ホーホーケキョ
ココケキョココケキョ
キッチョキッチョ
キテッチョ！キテッチョ！
カナカナ
ココカナカナカナカナ
カッコー　ヤッホー
ヤッホー　コッコー

こんなお知らせを聞いてみたいですね。あなたはありますか？

　きっと自然の中でたくさん過ごしたことがある人は本物に近い表現で読めるのでしょうね。ぼくはダメです。人間ならまあまあですが。

◎出典『あした』理論社

おと

三島慶子

ぷちん　ぷつ
ぷちん　ぷつ
ぷっちん　ぷつぷつ
ゆわん　ゆわん
ひゅわひゅわ　ぷつぷつ
ひゅわひゅわ　ぷつぷつ
ごーごー　ごーごーごー
ぷくぷくしゃかしゃか
ぷくぷくしゃかしゃか
ぐーごー　ぐーごーごー
めきめきゆわゆわ
めきめきゆわゆわ
ぱかすかばかすか
ぽかすかぽかすか
どんどこどんどこ
しゅーしゅーしゅー
きりきりきりり
きりきりきりりーん
ふっとう！

読んでいくとだんだんと音の正体がわかっていきます。みなさんはどこでわかったでしょうか？
だれでも、きっと聴いたことのある音だと思いますので、経験に合わせて自分なりに、でも激しく読んでほしいです。

◎出典『空とぶことば』理論社

じわじわ

内田麟太郎

くまぜみがなく
わしわし　わしわし

あぶらぜみがなく
じゅわじゅわ　じゅわじゅわ

みんみんぜみがなく
みんみん　みんみん

わしわしじゅわじゅわみんみんみん
わしわしじゅわじゅわみんみんみん

じいさまはねむくなる
（わしはじわじわみんみんみん）

夏の公園や森の中にいるような
そんな感じがします。
子どもたちは、ほんとうに本物のセミになってうまく表現してくれます。それを聞くのがとても楽しみでした。
◎出典『うみがわらっている』銀の鈴社

かもつれっしゃ

有《あり》馬《ま》敲《たかし》

がちゃん　がちゃん　がちゃん
がちゃん　がちゃん　がちゃん
がちゃああん　がちゃああん

がったん　ごっとん　がったん
ごっとん　がったん　ごっとん
がったん　ごっとん　がったん

ごっと　がった　ごっと　がった
ごっと　がった　ごっと　がった
ごっと　がった　ごと　がた

がた　ごと　がた　ごと　がた　ごと
　がた　ごと　がた　ごと　がた　ごと
　　がた　ごと　がた　こと　かた　こと

かた　こと　かた　ことかたこと
かたことかたことかたことかたこと
かたことかたことことことことこと

今の子どもたちに「かもつれっしゃ」がわかるかどうか、でも、だからこそ読み合いたい詩です。
　できるなら、子どもたちに列車になったつもりで動作を入れながら表現してもらいたいです。
◎出典『ありがとう』理論社

花火

宇部京子

シュ　シュルルレルラ
　ルッパーン
　　ロッパーン

パッ　パラレルララ
　シュシュパパーン
　　シュシュシューン

ド　ドバドバドバ
　ドン　パパーン
　　ドドン　パパーン

ポッ　パッ　ポッ　パッ
ダン　ダダン　ダダン
　ルパパパパパーン
バン　パパーン　パパン
　シュパシュパ　シュパ
　　シュルルル　レッパーン

ダン　ドン　ドッパパーン
　パッ　と　さいて
　　シュッ　と　きえる

シュ　シュルルルルル
　シュワーン　シュウオーン
　　ポンポン　プッシューン

　これで　おしまい
　　なつ　の　よぞら

夏の風物詩・花火大会は大好きでして、この詩を読むまでは形と色ばかりに注目していた気がします。

　その目に見えたものと、この音を合体させて…自分の花火大会ができそうで嬉しいです。
◎出典『よいお天気の日に』銀の鈴社

ある来訪者への接待

尾形亀之助

どてどてとてたてててたてた
たてとて
てれてれたとことこと
らららんぴぴぴぴ　ぴ
とつてんととのぷ
ん
んんんん　ん

てつれとぽんととぽれ

みみみ
ららら
らからからから
ごんとろとろろ
ぺろぺんとたるるて

　こんな詩はあまり考えずに感覚だけで味わうのがいいかも知れません。この音はなんだろう、とか考えずに。

　人それぞれ、その音の感じが違うと思うので、発表会などやると面白いと思います。

◎出典『尾形亀之助詩集』思潮社

⑨元気に読むうた

声をしっかり出して元気に読みましょう。読むだけで楽しく元気になってくるような詩を集めてみました。
そして、いろいろと発展させて読んでみると、さらに楽しくなります。

いちねんせい

内田麟太郎

うれしい　たのしい　いちねんせい
おっとせい　くんせい　らっかせい
せいせきおちたら　きがせいせい

うれしい　たのしい　いちねんせい
きんせい　もくせい　めいおうせい
せいせきのびたら　ようきのせい

うれしい　たのしい　いちねんせい
よそみせい　ぽっとせい　あくびをせい
せんせいおこったら　ねたふりせい

うれしい　たのしい　いちねんせい
ほっとせい　あっとせい　みちくさせい
せいがのびたら　にねんせい

子どもたちがこの詩に出会うと自然にリズムをつけて読むようになるでしょう。そんな力がありま す。だんだん元気に力強くなっていくでしょう。

それぞれの学年に合わせて読むようになったらばっちりです。
◎出典『きんじょのきんぎょ』理論社

どんどんちっち　どんちっち

川崎洋

おふろに　入って　あっちっち
どんどんちっち　どんちっち
トイレに　入って　うんちっち
どんどんちっち　どんちっち
ストップウオッチ　ストレッチ
どんどんちっち　どんちっち
どっち　そっち　バトンタッチ
どんどんちっち　どんちっち
ノータッチ　オイタッチ　ワンタッチ
どんどんちっち　どんちっち
ワイルドピッチ　ノーキャッチ
どんどんちっち　どんちっち
サンドイッチ　サンキュウ　ベリマッチ
どんどんちっち　どんちっち

どこでこの詩を紹介しても、みんなすぐノッテくれる楽しい詩です。リズムがあるので、だんだん速く読んでいってもこどもたちはついてきます。

一行ずつ交替したり、リーダーを決めて読んだりするのも楽しいでしょう。
◎出典『どんどんちっち　どんちっち』学研

トイレにいきたい

関今日子

おしりを　ククッ
げんこつ　ググッ
かたさき　キュキュキュッ
くちびる　ギュギュギュッ
がまんできるさ　ぜったいに

おしりが　モゾゾ
せなかは　ゾワワ
つまさき　チリリ
まゆげは　トホホ
がまんできたら　いいけどな

あたまが　ツピーン
こくばん　ボヤーン
せんせいのこえは
モワモワ　モワーン
がまんできるか　しんぱいだ

　いやあ、わかるなあ。この緊張感、この切迫感。何度も何度もあります。

　こんな時には、ほんとに元気にこの詩を読んで、開き直るぐらいの方がいいかも知れません。でも一番はトイレにまっしぐらに行くことです。授業なんか気にせずに。
◎出典『詩はうちゅう　1年』ポプラ社

しりとりぼう

永窪綾子

しかくいぼうは　のっぺらぼう
ぼうのはかりは　てんびんぼう

はかりをかついで　とおせんぼう
かついでずっこけ　あわてんぼう

ずっこけおやじは　いばりんぼう
おやじのにょおぼうは　けちんぼう

にょおぼうにおこられ　さんりんぼう
おこられやけぐい　くいしんぼう

やけぐいねむって　あきれんぼう
ねむってわすれる　わすれんぼう

わすれてわらう　ごくらくとんぼ
わらってさよなら　しりとりぼう

こんなに「ぼう」があるとは思いませんでした。でも、ぼうが付く言葉って、なんか親しみがあっていいですね。

　さて、こどもたちはしりとりを見つけることができるでしょうか。
◎出典『お日さまかくれて　星がでた』らくだ出版

ぼうさん

ねじめ正一

ぼうさん
ぽくぽく
もくぎょをたたき
ぼうさん
ほれぼれ
おきょうをあげて
ぼうさん
ぽつぽつ
そうしきおわり
ぼうさん
ぽとぽと
あぜみちかえり

ぼうさん
ほっくり
おふろにはいり
ぼうさん
ぽっくり
しんじゃって
ぼうさん
ぽつんと
おはかでひとり

あらまあ、かわいそうなおぼうさん。
　でも子どもたちはこんな詩が大好き。すぐ覚えて、雰囲気を出しながら読むことでしょう。ぼくの予感では、さらに替え歌ならぬ替え詩も作ることでしょう。
◎出典『あいうえおにぎり』偕成社

わかれのことば

阪田寛夫

にほんじんなら　さよなら
あめりかじんなら　ぐっばい
ほうちょうやさんなら　では
せとものやさんなら　おさらば
まほうびんやさんなら　じゃあ
はいしゃさんなら　はいちゃ
ふたごなら　バイ
よつごなら　バイバイ
はちなら　バイバイバイバイ
ぶたなら　トンヅラ
かばなら　あばよ
かなぶんなら　くそくらえ
ソレントしちょうさんなら　かえれ
めいきょくきっさなら　おとと・いこい
しちめんちょうなら　ごめん
しつれんしたゆうれいなら　しつれい
おおまたのコンドルなら　またこんど
ひとくいトラなら　どうもう
サイなら　さいなら

いやいや、こんな楽しい「わかれのことば」があるとは。

たまには気取って、下の言葉だけを子どもたちに読んでもらうのもいいでしょう。子どもたちはもっと探すかも知れません。では……

◎出典『まどさんとさかたさんのことばあそび』小峰書店

おところと　おなまえを　どうぞ

宍《しし》倉《くら》さとし

そばやの　キツネ
くつやの　アシカ
ほいくえんの　コウモリ
すいどうきょくの　ジャガー
おばけやしきの　ゾウ
ソファーうりばの　ラクダ
けっこんしきじょうの　オシドリ
クリーニングやの　アライグマ
はいしゃさんちの　シカ
げかびょういんの　イタチ
でんわがいしゃの　カモシカ
しょうぼうしょの　マントヒヒ
はいゆうさんちの　シバイヌ
ボクシングジムの　マイルカ
ほうちょうとぎやの　キリン
セキュリティがいしゃの　シマリス
ベーカリーの　パンダ
おてらさんの　チン

すごい、すごい！　まさにおところにぴったりの動物のおなまえ。

　こんなところにこんな動物がいたのかとびっくりしました。そういえば、いつも行くクリーニング屋の話し好きのおばちゃんは確かにアライグマに似ています。
◎出典『窓　第一〇号』千葉児童文学会

どこの　どなた

まど・みちお

トイレの　スイセン
ベランダの　ラベンダー
うんそうやの　ハコベ
すいげんちの　ミズヒキ
だいくさんちの　カンナ
そっこうじょの　カスミソウ
ていりゅうじょの　マツ
しゅうかいじょうの　シュウカイドウ
しょくぎょうしょうかいじょの　クチナシ
ぼうりょくだんのいえの　ブッソウゲ
ろうじんホームの　ヒマ
しんこんさんちの　フタリシズカ
いんきょべやの　ヒトリシズカ
しあいじょうの　ショウブ
じごげんばの　ゲンノショウコ
グラウンドの　ハシリドコロ
ごみすてばの　クサイ
おかしやの　アカシヤ
あめやの　アヤメ

植物だけでこんな詩ができるのですね、すごいの一言です。いろんなところに、いろんな植物がと思うと楽しくなります。

クイズみたいに提示していくのもいいかも知れません。
◎出典『いいけしき』理論社

きりなしうた

谷川俊太郎

しゅくだいはやくやりなさい
　おなかがすいてできないよ
ほっとけーきをやけばいい
　こながないからやけません
こなはこなやでうってます
　こなやはぐうぐうひるねだよ
みずぶっかけておこしたら
　ばけつにあながあいている
ふうせんがむでふさぐのよ
　むしばがあるからかめません
はやくはいしゃにいきなさい
　はいしゃはわいへいってます
でんぽううってよびもどせ
　おかねがないからうてないよ
ぎんこうへいってかりといで
　はんこがないからかりられぬ
じぶんでほってつくったら
　まだしゅくだいがすんでない

お母さん（たぶん）役と子ども役を分けて、かけあいながら楽しみましょう。
　できる人は、一人で声色を変えてやったり、グループで対抗みたいにしてもいいでしょう。時間を忘れて取り組める詩です。
◎出典『わらべうた』集英社

がっこう

和田誠

さんすう　こくご　しゃかい　りか
おたふくかぜに　げり　はしか
えんぴつ　けしゴム　ふで　がびょう
はきけに　めまい　にっしゃびょう
きょうかしょ　しゅくだい　がっきしけん
みずぼうそうに　へんとうせん
こくばん　はくぼく　つうちひょう
くしゃみ　はなみず　かふんしょう

たいりょくそくてい　うんどうかい
おなかがいたい　はがいたい

えんそく　とうだい　どうぶつえん
はなぢ　ふなよい　ちゅうじえん

ちこく　そうたい　ずるやすみ
きりきず　かさぶた　おでき　うみ

そうじとうばん　クラスいいん
べんぴ　ふうしん　じんましん

　絶対ウケること間違いなし。学校をこんなに自由に楽しく、そして想像もつかなかったものと合体させたのですから。

　子どもたちにはそれぞれの連の二行目を力強く読んでほしいものです。まあ、言わなくてもそうしますよね。

◎出典『パイがいっぱい』文化出版局

⑩ 楽しむうた

さまざまな楽しい詩を集めてみました。ここでは恥ずかしがらずに読むことが第１のポイントです。

身振り手振りをつけるとさらに楽しめる詩もあります。

さあ、思い切って…

名づけあそびうた

川崎洋

もしも机に名前をつけるとしたら
なんだろう
ツクエはツクエでいいかな
モモエ　ハツエ　ヨシエ　みたいに
ツクエ　でいいかな
女の子の名前だ

もしもいすに名前をつけるとしたら
なんだろう
おしり乗っけるから
シリオ　かな
男の子の名前だ

もしもくつに名前をつけるとしたら
なんだろう
外へ行くときはくから
ソトコ　かな

帽子の名前はなんだろう
太郎じゃなくて
次郎じゃなくて
カブロウだ

この詩を教室で読んだら、きっとこの詩に書かれていないものに目を向けて、いろんなものに名前をつけていくでしょう。
　子どもたちはどんな名前をつけていくのでしょう、楽しみです。
◎出典『しかられた神さま』理論社

なみ

内田麟太郎

へへへへへへへへへへへ
へへへへへへへへへへへ
へへへへへへへへへへへ
へへへへへへへへへへへ
へへへへへへへへへへへ
へへへへへへへへへへへ
へへへへへへへへへへへ
へへへへへへへへへへへ

うみがわらっている

あー笑っているんだ！とこの詩を読んで改めて波を思い浮かべました。

　でも、そんなことしなくてもこのページをじっと見つめていると…確かに浮かんできます。

◎出典『うみがわらっている』銀の鈴社

あがる

高丸もと子

あがる
しあがる
たちあがる
はたがあがる
ねだんがあがる
うでまえがあがる
きゃくがめしあがる
ふろにはいってあがる
くもりぞらがはれあがる
ろーかるのねうちがあがる
もっといえばにんきがあがる
つまってものいえなくてあがる
てれびでゆうかいはんにんあがる
うみかやまかどちらかにてがあがる
みているまにひがてってあめがあがる
にいさんのべんとうのてんぷらがあがる
いとこのいえのやどにおじゃましてあがる
くろうしたすいえいてすとのきゅうがあがる
ようやくあしたになったうれしくてとびあがる

だんだんと言葉も増えてあがっていきます。詩のタイトルを言葉だけでなく、全体で表現しているのがいいですね。

　さて、この詩にはもう一つナゾがあります。見つけてください。
◎出典『あした』理論社

カバはこいよ

――読みたい人は下からもどうぞ――

まど・みちお

いんことカバはこいよ
だんしはカバもいかんな
きびんなカバにいかせまい
たかみのカバはむぎたべた
かろく　かおあらうのカバ
だんなカバのマントがもれた
むらに　カバがきて　いいのかな
たしかなカバがかいたのです
いかのるすにカバをみせたね
ねたね　うとうと　めききのカバ
よるでもカバ　いるわいるわ
ようようカバもらちあくかと
カバはきて　みずはるか
しらかばやカバしなたかし

　上からも下からも読めるのはいいですね。しかも回文ではなく、違う文になって。
　こんな詩はどうやって作るのでしょう。まどさんの頭の中をのぞいてみたいです。
◎出典『ことばのうた』かど創房

阪神タイガース（回文）

島田陽子

A　かなんなあはんしんはあなんなか
　　（たいがあすあがいた）
B　なんでだめややめだでんな
　　（たいがあすますますあがいた）
A　やめやはんしんはやめや
B　あかんたれなはんしんはなれたんかあ
A　かつまでまつか
B　かつでみててみでっか
　　（いちいはんしんはいちい）
A　みてみええなはんしんはなええみてみ

●●●●●●●●●●●●●●●●●●●●●

阪神タイガースファンには怒られてしまうかも知れませんが、こんな回文ができてしまうのですね。

　これを読んだら、自分たちで回文作りをしてほしいと思います。作るヒントは？ 教えて！
◎出典『続大阪ことばあそびうた』編集工房ノア

お経《きょう》

阪田寛夫

電車《でんじゃあ》馬車《ばあじゃあ》自動車《じいどうじゃあ》
人力車《じんりきしゃあ》力自転車《りきじいてんしゃあ》
交通《こうつう》地獄《じいごく》通勤者《つうきんしゃあ》
受験《じゅうけん》地獄《じいごく》中高生《ちゅうこうせえ》
合唱《がっしょう》練習《れんしゅう》土曜日《どうようびい》
空腹《くうふく》帰宅《きいたく》晩御飯《ばんごうはあん》

子どもたちは木魚を持ったり、手を合わせたり、神妙な顔をしたりして、このお経に取り組むことでしょう。

普段は、あまり身近でないお経も、日常生活の中でみえるものが言葉として表されているので、お坊さんになりきることでしょう。

◎出典『ことばであそぼう』あゆみ出版

わたしまん

あわやまり

きんにくむきむきスーパーマン
わるものバシバシやっつける
あこがれわたしもぬんぬんと
やるきまんまんでていくが
なかなかわるものみつからない
ぶらぶらあるいていくうちに
わいわいにぎやかちゅうかがい
そういやおなかがペコペコだ
にくまんあんまんもりもりたべた
そろそろおうちへかえりましょう
おふろでざぶざぶきれいになって
ほかほかゆげたつわたしまん
きょうのにっきをわすれずかこう
にくまん　あんまん　わたしまん

こういう詩は何も考えずに元気よく読むに限ります。そしたら元気が出てきて、心があったかくなります、のはずです。

でも、にくまんあんまん食べたくなりますね。おなかもあったかくしたいです。

◎出典『あわやまり詩ノート』私家版

百足《むかで》の接続詩《せつぞくし》

日友靖子

百足がいくよ
そしてそしてそしてそして
くつ屋へいくよ
それからそれからそれからそれから
百足が立ち止ったよ
けれども　けれ…ども　け…れ…ど……も
足の数がわからない
しかししかししかししかし

くつ屋が数えてくれるだろう
ところでところでところでところで
くつ屋はいったいどこだっけ
さてさてさてさて　さてっーと
くつ屋をさがさにゃしょうがない
それでそれでそれでそれで
またまたまたまた　またまたまたまた
百足がいくよ

••••••••••••••

ほんとうはムカデは苦手なのです。一年に一回ぐらいお目にかかりますが。
でも、この中の接続詞の使い方がいいですね。タイトルが接続詩というのも。

◎出典『猫曜日だから』銀の鈴社

蠅《はえ》の地図

糸井重里

ぶーん　ぶーん　あります　あります
ぶーん　ぶーん　くえますくえます
くえますよねくえますよね

ぶぶぶぶおれもおれも
くいもんくいもん　くれーっくれーっ

だめだよだめだよ　おまえはよこはいりだよ
だめよだめだめ　あなたにはあげない

ぶいんぶいん　へへへ　もうなめちゃったもんね
ぺろぺろぺろべろべろべろ

ああっ　きたなーい
なにするんだよ　きたねぇなあ
もっとなめてやる　べろべろべろ
おいしいおいしい　べろべろべろ

ひんがわるいなあ　こいつ
ぶぶぶぶぶぶぶぶ　あっちいこうっと

わたしもわたしも　ぶぶぶぶぶぶぶぶ

いいもん　おれは　ここでなめつづけるぞ
ぺろぺろぺろぺろ　うめぇうめぇうめぇ

ちょっとこの詩を読もうとすると照れが入り、なかなかみんなの前では読めそうにありません。

　でも、蠅に本気でなろうとしたら、それはもうすごい迫力で…。

　子どもたちにはいつも負けていました。
◎出典『詩なんか知らないけど』大日本図書

めざすは　こがん

宇部京子

がんめんたいそう
こまります
みられちゃ
いやです
はずかしい
こいするとしごろ
わたしです
ナイスバディよ
このからだ
よなよな　みがく
がんめんたいそう
めざすところは

こがんです
グギュ　グギュ！
キュッ　キュッ！
みぎ　ひだり
あんぐり　おくちを
ガックンコ
ブギュ　ブギュ
おはなを
おおきく　ひろげ
めだま　グイグイ
うえみて　したみて
めざすところは
オードリー
ぴりっと
さんしょの　こがんです

いやいや、こんな顔の手入れなんかしたことのないぼくといたしましては、めざすわけがないのだけれど…面白そう。
　めざしている人いるんだ！　ただオードリーは大好きです。
◎出典『リンダリンダがとまらない』理論社

編著者
水内　喜久雄（みずうち　きくお）
1951年、福岡県生まれ。
愛知教育大学・愛知県立大学非常勤・日本児童文学者協会会員
著書に『けむし先生はなき虫か』（大日本図書）『詩にさそわれて』全３巻（あゆみ出版）『ドラえもんの国語おもしろ攻略 詩が大すきになる』（小学館）編著書に『子どもといっしょに読みたい詩100』全２巻『いま小学生とよみたい70の詩』全３巻『いま中学生に贈りたい70の詩』『おぼえておきたい日本の名詩100』（たんぽぽ出版）『教室でよみたい詩12か月』シリーズ全６巻『教室でうたいたい歌ベスト50』シリーズ全５巻『教室でよみたい俳句・川柳・短歌12か月』（民衆社）『子どもといっしょに読みたい詩』全３巻『ひろがるひろがる詩の世界』全６巻（あゆみ出版）『輝け！いのちの詩』『いま、きみにいのちの詩を』（小学館）『詩を読もう！』全12巻（大日本図書）『詩は宇宙』全６巻（ポプラ社）『詩と歩こう』全10巻（理論社）など。
《連絡先》ポエム・ライブラリー　夢ぽけっと
〒465-0024　名古屋市名東区本郷３－５　グロゥバルビル４Ｃ
TEL・FAX　052-769-5810

子どもといっしょに楽しむことばあそびの詩100　〈検印廃止〉

2007年４月５日第１刷発行　定価はカバーに表示しています。

編著者　水内喜久雄
発行者　清水英夫／山崎宏

発行所　株式会社　たんぽぽ出版
〒151-0053 東京都渋谷区代々木４-５-14 参宮橋ハイツ207
電話　東京（03）5302-7870
FAX　東京（03）5302-7871
印　刷　㈱飛来社　製　本　㈱光陽メディア

乱丁・落丁本はお取り替えいたします。
ISBN978－4－901364－53－9　C3037